泥
尘

林雅笛

著

四川文艺出版社

图书在版编目（CIP）数据

泥尘 / 林雅笛著. — 成都：四川文艺出版社，
2021.5（2022.1重印）

ISBN 978-7-5411-5911-4

Ⅰ. ①泥… Ⅱ. ①林… Ⅲ. ①散文集－中国－当代
Ⅳ. ①I267

中国版本图书馆CIP数据核字（2021）第065656号

N I C H E N

泥　尘

林雅笛　著

出 品 人　张庆宁
责任编辑　程　川　周　轶
封面设计　叶　茂
责任校对　段　敏

出版发行　四川文艺出版社（成都市槐树街2号）
网　　址　www.scwys.com
电　　话　028-86259287（发行部）　　028-86259303（编辑部）
传　　真　028-86259306

邮购地址　成都市槐树街2号四川文艺出版社邮购部　610031
排　　版　四川胜翔数码印务设计有限公司
印　　刷　永清县晔盛亚胶印有限公司
成品尺寸　140mm×210mm　　开　　本　32开
印　　张　5.5　　　　　　　　字　　数　120千
版　　次　2021年5月第一版　　印　　次　2022年1月第二次印刷
书　　号　ISBN 978-7-5411-5911-4
定　　价　48.00元

序　言

很高兴，老朋友终于把这本书磕磕绊绊地写完了。

重读一次，记忆仿佛一下子被拉到了庚子年初。正当大家都被疫情困在家里时，我收到了雅笛发来的第一篇文章。

那篇是《醉酒人》，初稿的模样我已经记不太清楚了，只是粗略记得当时的感受：就像是喝到一杯已经放冷到二十度左右的白开水，你会明显地知道这杯水有温度，但是那种温度让你觉得不痛不痒，甚至来说，聊胜于无。

写文章最怕的就是这样，让一杯本该沸腾的水慢慢放到冷却再下笔。永远是无法带动读者的心跟你一起"沸腾"的。

所以初读之后，紧接着来的想法就是——可惜！

他的文字与故事全都是来自生活，灵感与创作都是经历。

这些点滴，是每一个爱好写作的人都羡慕不来的东西。所以，我们第一次通话就是一个多小时。

渐渐地，第二次，第三次……

当收到他的消息让我写序言时，我一时间也不知道是什么心情。仿佛也是我的孩子一般。

因为雅笛让我消除了一个词，那便是"文人相轻"。他总是怀着谦卑的态度向我"请教"，我也只有厚着脸皮跟他讨论着自己的想法，输出自己的观点。

他总是跟我说谢谢，要么就是说一些羡慕我文采的"屁话"。他总是跟我讲自己的笔力不够，自己的技巧不好，自己哪里哪里还需要修改。

其实，能像他这么记录生活，回忆过去，直面所有的快乐也好，不堪也罢，已是实属不易了。

真实，就是最好的文采；经历，胜过所有的笔力！

以前总是觉得心底里如果藏着巨大的悲伤，或者不可名状的难过时，灵魂深处最晦暗不明的那个角色就会占据你的思想，让你的文字，在晦暗不明的表达中、在这个丧文化的时代里得到上天的恩宠。

所以作家也好，诗人也罢，都在追赶着所谓的"丧文化"。

殊不知那一份"为赋新词强说愁"的悲哀与尴尬……

他的散文不一样，真实的不堪，人性的漏洞，自我的剖析，都能看见；除此之外，旅途的风景，真挚的感情，美好的记忆，也并不缺乏。

人生不就是这样吗，我们都会沉浸在过去的美好中来逃避现实的痛苦；我们会羡慕别人的感情来宽慰自己的孤独；我们会欣赏沿路的风景，以此来遗忘和掩盖人生上一站犯过的错。

　　也正是有这真真假假，内心和现实的交错，才是我们每个人不能单单用"黑白"二字来评说的人生。

　　所以这本书，你可以随意拿起，可以随时放下。

　　只要你在每一次放下的时候能够从中摸索到自己生活的一些轨迹，能够回头看看自己的经历，如果能有一些感悟，便是极好；如若没有，也没什么遗憾的，至少书中的文字，打发消遣了你人生中那么一小段的时光。

　　"枝头纵有千百媚，终究辞树入《泥尘》。"

　　这就是我对这本书所有的理解了，生活有千百种美好，也躲不过尘埃覆盖。但是当你轻轻拍掉尘埃以后，生活依旧美好。我们缺乏的，不是那只拍落尘埃的手，恰恰是抬起手的勇气而已。

　　　　　　　　　　　　　　　　　　　　　　顾缘君
　　　　　　　　　　　　　　　　　庚子年腊月十四于家中

泥塵集序 辛丑年春柯岑題

美玉不羞論瓦礫

明珠終解照泥塵

相逢一笑空歸去

無語堪酬彼上人

目录

秋·酸

冬·苦

春

甜

北固门包子铺

这是一个初夏的黎明，天还不曾亮出轮廓，公园小径的虫鸣裹挟着街上的汽车声。残月已下林梢，天空中虽稀稀疏疏点缀着数十盏星光，却已被城市的工业废气蒙上了一层灰色的轻纱，淡云游移，不时明灭闪动。

光景渐渐昏黄，白砖黑瓦的排楼荡起层层炊烟，微微现出一抹曙光。街头巷尾门户紧闭，唯此一家孤零零，被蒸气与晨雾笼罩着店门的包子铺。好似告诉人们天快亮了以外，大地依旧黑沉沉的，比起前几时的朗月疏星，清光遥映，反更显得幽晦沉闷。

我已许久没有光顾过这家包子铺了，上一次，还是三年前青涩的中学时代。蒸笼的水汽依旧带着淡淡的葱油香，以及若有若无的猪油味，能顷刻间唤起人的食欲。

堂里一位妇女正漫无目的地搓着她女儿的手，满脸焦急地等待着快要出笼的肉包子。旁边一老大爷正目不转睛地盯着

北圊门包子铺

那缓缓剥开的肉馅，迫不及待地喝了一口粥，然后拳头大的包子立马就被这张嘴撕了大半，油汁四溅，险些滴到小女孩的白鞋上。咕噜咕噜，大爷的食道里传出满足的声音，大爷左手端着粥，右手夹着包子往嘴里送，两只竹筷被包子撑出了令人吃惊的空隙，我不由得感叹大爷的指力过人。

刚出笼的包子还冒着白汽，我和他们一样，正做着一些无关紧要的动作——不断将包子拨弄拎夹。对于常年爱吃小笼包的年轻人而言，这家的包子显得出奇的大，而且卖相也远远比不上前者。前者是光鲜白嫩，端正精致的，而它们却扁平不一，甚至像懒人沙发一样，朝另一侧倾斜，搞得强迫症的我常常把它们抚平。单单从做工上就显得无比粗糙，又或许是粗犷豪迈。但这包子的皮出奇地薄，薄得泛黑，像白纸被清水打湿，甚至能看到里面浑厚的肉馅，连猪肉油都沁出来将碟子弄花了。

包子是神州大地上最朴实的民间早餐，我也吃过许多地方的早点，河南胡辣汤、东北韭菜盒子、广东肠粉、武汉热干面、陕西羊肉泡馍、福州锅边……都曾让人耳目一新，唤起味觉上的享受，更是赋予了那段时间里，起床的意义和追求。

有人说包子和饺子蛮像，因为好多外国人都会问这馅是怎么变进去的。可我独爱包子，书里说下力工作的男人通常吃馒头但最钟情于包子。而女孩们的厨艺精湛，看着自己亲手包的包子出笼，一个个小巧精致，枯燥的厨房时间也显得有意义。对我而言，也许馒头与包子相比，仅仅是因为让人不解馋而已。

因堂里所有人都在无声地品味咀嚼，我的思绪逐渐飘散，缓过神来后越发感受到空气的安静。大爷边吃边喝，越发容光焕发，精气神盎然，站起身来就要准备整理衣衫离去。旁桌的那位妇女却在这时开了口，问老板："包子还能退吗？"

一旁正揉着面的师傅回过头来望着她，一脸无奈的样子，说道："大妹子，这包子都上桌了，不好退的。"

"我不想吃了，我有些闷油，这几个包子我没挨过，退一下嘛。"

师傅显得十分为难的样子，甚至带着一点儿沮丧的神色。那位站起身准备离开的大爷不知什么时候又坐了下来，正偏着头不解地望着她，像是在说，不会吧？你是不是味觉有问题啊？这包子能吃不下？我斜着眼瞧着她，心里也在默念：一共就点了三个包子，母女两人合着艰难地吃了一个，现在要退两个，这不摆明了拆台嘛。

"行不行啊，到底给不给退啊，不给退我把钱给了走了。"

连续的追问让师傅有些愠怒，匆忙回应："你不吃放那就好了，钱就收你一个包子的。"

那位妇女听后付完钱就提上包，牵着小孩匆匆逃离了，嫌弃之声已被她嗒嗒的脚步声演绎成实质。

只听见铺子里一阵叹息声响起，老大爷连连自语："多好的包子啊……"像是在追忆从前。我接过话茬儿："这俩包算我头上，我等会儿打包回家晚上吃。"师傅摆了摆手说不用，不新鲜了，不好吃，等会儿看有没有环卫工人过来，或者流浪汉讨食吃。

带着一种复杂的情绪，我停下来喝了几口豆浆，先前那一幕只觉得她蛮横，不通人情，后来却有一丝丝理解。这让我想起我第一次吃北固门包子……

"啊。"我呜咽地叫了一声，咬到里头滚烫的肉汁烫得我舌头发麻。这包子又大又软，筷子根本合不上力道，一碰就粉成两段，落下一桌的肉沫汤汁和白面皮，好好的一个包子就碎成一盘菜了。我心里暗暗叫苦，可惜至极，却又无法规整地一口口咬进嘴里，只得俯下身子，将筷子压住包子，滑稽地用嘴巴去捅食。

吃急了胸口有些堵得慌，猪油味道从胃里浸入鼻腔，猛的有些恶心干呕，也全然没了食欲，呆呆端坐在桌前，横生出退菜的想法来。

身旁也是坐了一位大爷，见我刚吃得狼吞虎咽，吃相千奇百怪，此时突然停了下来，颇有兴致地问我咋了。

我如实回答："这里的包子太油了，又特别大，没有对街的168汤包好吃。"

大爷听了哈哈大笑，说："你们这些年轻人吃不懂它的文化，自然就不喜欢它的油腻。其实我们都是专门品尝它的'油'。这不，你看看四周，都是些上了年纪的人。这家包子铺从我小时候起就在做了，北固门前便是长江，是大码头，里面的船夫，岸上的棒棒军，人力三轮车师傅都是这里的常客。尽管当时包子里没什么馅，跟馒头似的，可里头冒油啊，好生解馋，那时候我们穷得一年吃不起一顿肉。一日之计在于晨哪，早上吃好了，人一下也就精神起来，之所以码头人一天干劲这么足，多半都和它有关系。"

听完我恍然大悟，硬着头皮将剩余的包子嚼烂了咽下去，不断自我催眠，忆苦思甜，忆苦思甜……回到家后闷得三天不想见到油荤，父母直呼出事了要带我去医院。

再后来，我在学校过度透支生活费，吃不起饭，靠着啃面包度日，瘦得露出了腮帮子，最终眼冒青光地冲进了店铺。记得当时也坐在这张桌上，一口气要了八个包子，粥水都没要一碗，周围的人就像看怪物一般直勾勾地盯着我，连老板都看不下去，过来用手给我拍后背，提醒我别噎着了。

从那时起我就喜欢上了这家有着独特文化气息的包子铺，以及每个形状不一、富有生命的包子。我前前后后也邀约了好些同学好友来到这儿，他们有的不爱吃传统早点，剩下的大都只爱吃小笼包，无奈我只得同这些老大爷为伍，享受着不属于这个年代的回忆和味道。

东极，后会无期

那是四月中旬。

暮春与初夏的气息交错晕染，春日的花香和夏日的阳光让人的思绪轻盈雀跃。

这样一趟旅程恰到好处。

从沈家门码头出发，渡过泥土般浑浊的海面后，离海岸线越远，海水也越清澈。前方蔚蓝色的海水似乎真的洗涤了心灵，顿时心胸豁然开朗起来。

青浜岛

青浜岛很寂静。

走在陈旧的巷子里，像是童年记忆中的老街模样，镀上了一层朦胧的金光。头顶是杂乱无章的电线，剥落的墙面也显得斑驳，悠闲的猫咪躺在窄窄的路中央撒娇似的看着你，几个女孩围着拍照它也不怯场，样子矜贵得像是在走T台。

在这里，能明显感觉到自己是一个异乡人。

说起来，有点儿怪诞，这里有一个名为"孩儿洞"的景点，但这里没有小孩子，也鲜有青年，大都是上了年纪的人，游客的出现才为这个沉静的地方带来了鲜活的氛围。总感觉像是一种神秘的隐喻。

海水不停地击打着礁石，声音似鼓响。傍晚，临近海岸的地方，许多老人家靠着墙角坐成一排，看着他们嬉笑怒骂，似乎才让我们实实在在地感受到了这个岛屿的呼吸节奏。即便缓慢，但一呼一吸之间，都是生命的痕迹。

沿着海边走，山花开得恣意而又烂漫，好看极了。都是些普通而常见的路边小花，当这些或紫或蓝或粉或白的小花盛开成一片的时候，和广阔的蓝色海洋交相辉映，真的是：苔花如米小，也学牡丹开。

黄昏，响起隐隐约约的广播，仿佛回到了二十世纪，吱吱的杂音传来这个世纪的音讯。

一个活在记忆中的岛屿。游人稀少，时间停滞，在这里的礁石上坐着，听着海浪声，就可以发半天呆。只希望，呼啦啦的海风在耳边稍作停留，把此刻宁静的心情传给远方的亲友。

东福岛

从青浜岛出发花上三十元买张船票就到达了东福岛。

这个岛屿开始有了明显的生活气息。在离码头不远的地方有一块巨大的倾斜的白色礁石，像是一个向海里延伸的正三角形。在这里，可以躺下静静地享受日光浴。白色和蓝色也搭配出清爽的海洋基调，心里涌上一股清透的凉意，如吃下一口冰镇西瓜。

游玩这座岛屿的方式是徒步环岛。

从这个礁石往里走，便进入了环岛道路。

山头上长着低矮的植被，在绿色的植物中会突然冒出散养的山羊，吃相傻呆，嘴里机械地嚼着新鲜的枝叶，脑袋一动不动地望着过往的人。有了山羊的点缀，荒芜的山丘因此活了起来。

环岛路程艰辛，许多人不胜脚力，山路变得遥遥无期。

茂密的芦苇被海风吹出萧瑟的美景，海洋也丝毫没有杂色，泛起蓝汪汪的波浪。但被消磨的力气已经让人分不出精力给这样的美景了，只能专注而又疲乏地前进着。

但自然是神奇的。

随着道路越加崎岖，山体和海面创造出愈发令人惊叹的秀丽。

就如茨威格写的："他慢条斯理地向上攀登着，一点儿也不着急。因为真正的作品已经完成了，只需要几步路，越来越少的几步路，他的确就到了那座顶峰，一个难以言喻的画面展现在他眼前。这倾斜的群山树木茂密，郁郁葱葱的，下行丘地的后面，一望无际的是一个巨大的反射着金属光泽的平板。海洋，海洋！"

若隐若现的轮船从海雾里驶来，似乎会有海豚成群地越过清澈的大海。迷醉在这波澜壮阔里，那礁石上也出现幻影，风情万种的人鱼慵懒地抚摸着她的长发。她是妩媚的女神。

这是一个带有梦幻色彩的岛屿。

庙子湖岛

庙子湖是舟山群岛中最大的岛屿，基础设施相对其他岛屿来说也更加完备。

独自走在长满芦苇的公路上。这样的地方很容易让人迷失心灵的方向。观光车的喇叭总是尖叫着提醒游人

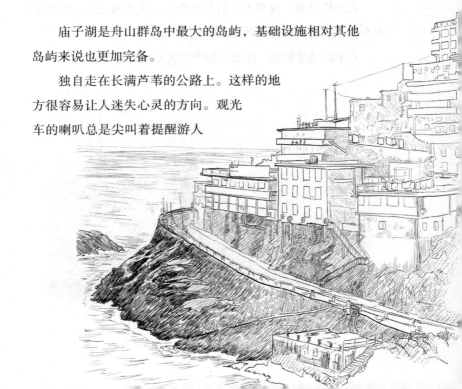

游览完及时归队，好赶赴下一个景点。

这里的景点很多，但财伯公雕像是最佳的向导。从它后面的公路出发，经过烈士墓就到了电影《后会无期》的取景地。

一所小小的白房子孤独地伫立着。

像一座白色的荒岛。

心中突然倍感酸楚，还记得曾有人站在这些岛屿上发消息告诉我他的心情，但现在他淡出了我的生活。我似乎明白了这趟旅途的终极意义。忍不住对这座孤岛招手作别，说一句后会无期。

一如歌词所说："当一个人成了谜，你不知道他们为何离去，那声再见竟是他最后一句。"

去东极之前，我想着《后会无期》；去东极之后，纵然心中不舍，依旧道一句，后会无期！

心中的缱绻思绪，伴随着那个消失不见的故人。

海雨天风独往来

我永远失去了我的朋友

李家洞是大桥村一个普通的湾落，被一座庞大的水库切割而开，其间轻舟掠过，小桥流水，形成西南丘陵里独特的江南水乡之景。

河滩、岛屿、沼泽，散落分布在水库周边。人流如织的地方，有一座长约三十米、宽约十米的石拱桥，茶馆说书人曾讲："这本是清朝年间朝廷一位宦官修造的避暑山庄，筑一座大桥便有山水庭院的意境。可不承想，当地官员偷工减料，沦为一桩笑柄，被后人讽刺为'大桥'。"

这座宽百余米、深数十米的水库，流传过可歌可泣的动人故事，也发生过令许多家庭悲痛欲绝的惨案。邻居家的三妹一听到人提起李家洞，眼睛霎时变得水汪汪的，自言自语着："汹涌的河水下，睡着我可怜的哥哥。"一天清晨，村委会的张婶更是在河边的洗衣坝上爆发出歇斯底里的哭喊声，哭声之大，石破天惊，甚至震醒了山上睡懒觉的我。

原来，张婶在坝上用锤棒洗衣服时，小河载着孩子湿淋淋的尸体漂到她面前，她惊恐地将木棒扔上了天空。原来她的孩子出去好些天没回来，是偷摸着去水库里打鱼……

张婶是个善良的人，一直不忍心见到因溺水而失去孩子的家庭，总是不辞辛劳地去学校里警告、恐吓那些调皮的男孩。"不要下水塘摸鱼，否则沉下去连尸体都浮不起来。"却从未有人吸取前人的教训，他们依旧乐此不疲地在里头游泳、抓鱼，张婶没承想悲剧竟然发生在自己孩子身上……

我便是那诸多爱去水塘游泳的顽皮小孩中的一员。张婶孩子的死讯仅仅唤醒了一部分家教严的乖孩子，而我们这帮亡命之徒甚至嘲笑起了那位已逝男孩的水性。没想到的是，经历了后来的那件事，我永远失去了那个笑得最猖狂的朋友。

那是一个下午，天空澄碧，纤云不染，远山含黛，和风送暖。阳光在两岸黑色山谷之间出奇地敞亮，清风徐来，碧绿色的湖水泛起阵阵涟漪，白鹳在岸边涉水觅食，时不时扑打着翅膀，颇有海阔凭鱼跃、天高任鸟飞的逍遥意境，使人的心情一下子愉悦起来。

湖中心停泊了一艘废弃的铁船，船上坐着三两个孩童，那是我童年最要好的伙伴。此时我正兴尽归来，光着滑溜溜的膀子，从水里往船上爬。我们坐在船上打闹，开起了班上女同学的玩笑，不时望着远处的湖面，做着各式各样夸张的动作。而湖面上出现了一道渐游渐远的人影，那是我们的"浪里白条"。

我对风平浪静下的暗潮涌动产生忧虑情结，心中总生出一种莫名的担忧，但马上被欢笑声打破，转瞬即逝。半响，突然邻旁一位盘腿坐着的男孩眉头一皱，止住嘴巴不说话了。他的眼睛死死地盯住远处的一块湖面，不由得站起身来。我跟随着他的视线望去，也发现了端倪：远处的黑点正在湖面上漂动，不断浮沉、消失。

不知是谁大吼一声，震得山谷回响："完了！他腿抽筋了，快去救他！"

"快去！快去！"

听到他们的叫嚷时，我还沉浸在一种焦急、悲伤的复杂情绪里没回过神。

我们在铁船边你看看我，我看看你，手足无措地站立着，沉默却又将担忧写在脸上。玩耍半日后的我们早已是筋疲力尽，磨蹭近半分钟后，我凝神注视着前方，紧张得眼球快要滴出血，顿觉一口热气冲上了头，咬着腮帮子豁了出去，暗喊一声："我去！"然后"嘭"的一声蹿进水里，顾不得泳姿，急不可耐地向他游去。

争分夺秒地拉近距离，在救人的迫切想法支配下，也根本没有留意到即将消耗殆尽的体能。看到了！人就在眼前！我的内心爆发

出层层喜悦。只见他濒临休克，鼻子和嘴巴浮在水面上，大口大口地呛着水，手已经被埋在了水下，没有力气再抬起来。

我挽住他的手臂，想往上扯却撼动不了丝毫。这才意识到自己浑身乏力，已是强弩之末。还没来得及多想，他的手就扒住我的肩膀，脚拼命蹬水，往我肩颈上爬。

他用双手勒住我的脖子，又将大腿盘在我的腰间，如同一把铁钳将我锁死。此刻我虚脱得连挣扎的想法都没有，只得拼命地踩水往上浮，换取一些苟活的时间。

他像一条蛇盘缠在我的身上，并剧烈地摇晃着，我只得眼睁睁地望着自己往下沉，痛苦且万分无奈。待快要沉入水面时，他将我的头往下猛地一按。"咕嘟"，我呛了一口水，呼吸变得更加艰难，人也被冰冷刺骨的水扎得清醒过来。

最后我们两个人的头同时埋进了水里，我睁着双眼，望着阳光照射着绿油油的湖水、穿梭的鱼群，以及看不见底的黑色世界。它像一张光谱，一层一层往下加深，最后形成一种死亡的颜色——未知、恐惧，极致的黑。

患有深海恐惧症的我从灵魂深处发出一声怒吼，瞳孔里闪烁着狠毒的光。我咬开勒住脖子的手，往水下使劲蹿动，挣脱了盘在腰间的双腿，竭力蹬腿往水面上赶，却瞥见他正拼命挥舞着双臂向我扑来，那一刻我的脑海里浮现出一个词语：寄生虫，并生出一种厌恶感，怒目而视，竟毫不犹豫地勾起双腿将他重重蹬开。

浮上水面的我大口大口地呼吸着，一种无力感笼罩在心头，求生的渴望促使我将他放弃，一连串的想法交织在脑海中。同情、正义、怜悯之心提醒着我：不能抛下他，不能见死不救。更多的呐喊声顷刻间击毁了它：不放弃他，你就得死！就算他死了，你不说我不说，又有谁知道？

"要死了啊！"脑海里的我咆哮着，头也不回地往铁船游去。强烈的求生欲使我不能自已地往回划了十几下，渐渐冷静下来，转过头担心地望了一眼当时的地方，却发现平静的湖面没有一丝波澜，如同被水吃掉了一般，念想里生出强烈的愧疚和负罪感。不知又被什么想法操控着，抉择之间又回过头救人。

此刻我非常清楚，这已经超越了我的身体极限，不久之后可能连抬起一根手指头的力气都没有。我双手往下拨着水，憋了一大口气潜行着，努力睁开眼睛吸收那些昏暗的光线，密密麻麻的黑点充斥在视网膜上，汹涌的水流时不时抽在眼球上，使本就瞪大的眼睛不停眨巴，本以为搜寻渺茫，不抱希望，直到视线定格出这幅画面：陷入濒死状态的他，立在宽阔的水里，缓慢下沉。他的双手像一根水草自由地摆动着，一束束阳光透过水面照射在他的身上，如同一头幽绿色的水怪，他渺小的身影在水下如同沧海一粟，脚下便是深达百尺、看不见底的黑暗。

凭借着残存的一抹执念，我将他拎出了水面，放置在我的头顶，托着他一步一步往回挪动。也不知过了多久，人已全然没有了意识，兴许就快到了，姗姗来迟的伙伴们终于接过了他，我如释重负地仰在水面上向岸边划去，最后被水浪冲上了河滩，眼皮一沉，昏睡了过去。

待我被夜里的凉风吹醒，荒凉的山湖中便只剩我孤零零一人。惨淡的月光洒满大地，大地已经沉睡，风从阴森的森林小径中吹拂过来，万籁俱寂，偶尔传出一两声狗吠，听不到鸟声，更闻不到花香，我只得借着微弱的月光磕磕绊绊地向家的方向走去。

从那之后，我们之间的关系发生了极大转变。无论是渴求解释叫住他，他回应我的冰冷言语，还是人前人后刻意地躲避，我们之间便再没了交集。每当见到他时，脑海中都会闪过我在水下见死不救将他蹬开的杀人举动，这些不断刺痛我年幼的内心，使我陷入深深的自责：假如当时没有狠心将他踢开就好了，假如……

说什么也于事无补。

一年后，我们从那所村小毕业，各自奔赴不同的人生道路，毕业典礼时校长赠言，要让我们学会勇敢。他说："勇敢不是没有恐惧，而是心怀恐惧仍然向前。"可我的道路上总立着几块标语："你是畏罪潜逃的杀人凶手""见死不救的冷血动物"……

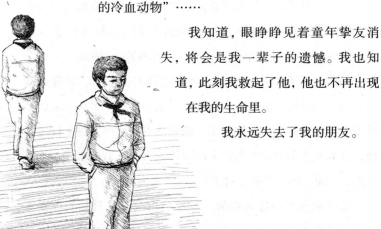

我知道，眼睁睁见着童年挚友消失，将会是我一辈子的遗憾。我也知道，此刻我救起了他，他也不再出现在我的生命里。

我永远失去了我的朋友。

少年的你

"你说这些有什么意义吗?"

"我想一个人经受苦难,是为了可以更好地安慰别人。"

"生活是否永远艰辛,还是仅仅童年才如此?"

"总是如此。"

室友时常笑话"00后"的中小学生多么无理取闹,可我想,我们在这个年纪时,有过之而无不及。

我的童年记忆不仅仅只拥有乡村,还有一份关于城市的经历在记忆深处蔓延。也是从那开始,这种记忆加深了我对都市人不随时间冲刷而减弱的厌恶感。不管曾经还是现在,每当我跑进公共厕所小解时,我都会下意识地避开专门用于男士小解的便池,甚至不惜在蹲厕门口等待数十分钟。那抹童年阴影总会在这种时候进射出来,卡住我的咽喉……

那是小学三年级,父亲花了许许多多的钱,使我从一所村

小转进了县城最好的小学。他说，要让我接受更好的教育，不要重走他的老路。

那时的我并无发奋图强、十年寒窗的信念。开学后，稚嫩的我坐在宽敞整洁的教室，观察着周围的一切，他们的穿着是如此光鲜靓丽，他们与讲台上的老师攀谈时，露出一副副自信的笑容。彼时在乡村长大、骨瘦如柴、皮肤黝黑的我，陷入了强烈的自卑情绪中，深深地低下了头。

我本以为他们都是乐于助人、才学渊博的学生，可现实总与想象背道而驰。这里的同学喜欢说自己家里多有钱，爸爸开什么车来接他。而相互之间请吃一包五角钱的牛板筋、大白梨，从来都是许进不许出。

于是在竞选班干部，争夺几道杠时，年幼的我竟然读出了电视剧里明争暗斗、阳奉阴违的意味。我也很难理解城里的孩子，怎么可以一直坐在教室这么久。生性好动的我没少挨老师的批评，也许这位老师也看不起农村孩子吧，他当着全班五十个同学的面，大声怒斥道："不想读就滚回你的大桥去！"下课后那些孩子跑过来嘲笑我："你爸爸一定没有给老师红包吧，哈哈！活该！"

这些孩子肩上戴了三道杠，看我的眼神宛如看一只流浪狗，抓住老没钱换红领巾和饭盒的我，发号施令。就这样，在老师和班干部的统一决定下，惩罚我扫了一学期的厕所。而最可怕的是，那时的我还一味委曲求全，仿佛做错了什么事，拼命地道歉。

过了几天之后，有人问我："咱班有两大帮派，你要跟着谁混？"

从小的倔脾气让我开口言："我不混，要混也是跟自己混。"

对方带着鄙夷的笑容跑开了。

放学后，我正在学校大门外买糖画。不知什么时候，便有六七个人围在我旁边。有一位同学还帮我付了钱，我天真烂漫地朝他微笑，并表示感谢。

他与我一同走在街上，说："中午是不是有人问你想跟谁混。你只要跟着我，我天天请你吃这个，怎么样？"

我叹了一口气："同学，我真的不想混。"

"那行吧，每天交五块钱保护费给我。"

我强硬地反驳着："凭什么啊！我没有那么多钱！"

话音刚落，他就一脚把我踹倒在地上，装作一副老气横秋的样子，嚷道："凭老子能打你。怎么了，不行？你开学一来就是一副欠打的模样，看你不爽很久了，兄弟们，把他口袋里的钱拿了！"

然后我就被几个人按在地上踩，他们从我口袋里掏出钱，扬长而去时还不忘落下一句话："在外面见你一次打一次。"

后来班上的那两大帮派不对垒了，因为他们的乐子是我。往我书包里倒墨水，放学后我的后背便是一摊蓝黑色。课间在我饭盒里铲稀泥巴。他们洋洋得意，觉得我从不反抗，也不像女生那般向老师告状。人前人后送我一个外号：人肉沙包。

班级里二三十个小弟终日围着他们大哥游荡。在我上学的路上，几个人忽然飞奔过来，硬生生地将我扳倒在地，把我的书包抢去，书本扔进下水道，再把书包里的钱翻出来，准备放学拿去打街机，最后将书包扔到马路中间供汽车碾压。我呆呆地立在路边，觉得很不可理喻，顿时一种绝望、惶恐的情绪涌上心头，使我在街上大哭不已，引来无数路人围观。

我不知道做错了什么，得罪了谁。也许这仅仅是单纯地折磨一个人，让他崩溃，看他痛苦，然后满足自己的一些好奇心和征服欲。

记不清有多少次。

那日课间眼保健操结束，我刚上完厕所准备出去，就见到三个陌生面孔的男生，像是高年级游手好闲的那帮人。他们把厕所门一关，直冲冲地向我走来。他们长得高高大大的，小一号的校服甚至勾勒出上半身的腱子肉。这般威势与敌意压得我连连后退，靠在墙上。

有个人过来用力按住了我的肩膀，把我往回推了好长一段

距离，撞到了为首的人怀里。

我紧张地大喊着："你们干吗？"

他诡秘地笑了笑说："不干吗，就是想请你吃点儿东西。"旁边的男生附和道："他们说你牙口好，我不信，今天想看一下，不知道屎能不能吃下去。"说完就用手卡住我的脖子，把我往蹲厕台阶上按。

……

上课铃响了，周围都恢复了平静，我按住肚子爬了起来，蹒跚地走到洗手台前洗脸，回了教室。卫生间空无一人，没有人见过，也没有留下痕迹，只有尿槽沿上的瓷砖洁净如新，在白织灯下反射着诡异的光泽。

后来的某天我又遇见了他们三个。当时我正坐在奎星广场外的小摊上吃凉虾，远处有一个男孩被他们三个边推边踢，甚

是可怜。只见那个人忽然间猛地转身，往那为首的男子脸上结结实实给了一拳，然后急急忙忙撒腿跑掉，隔着马路也能听见"啪"的一声响。他们追了一段却追丢了，索性在那生气地骂街，到处踢石子。

　　只见他们过了马路朝我这边的摊位走来，我心里有些发虚，鸡皮疙瘩顿起，如芒刺背，生怕他们认出我。以防万一，我站起身就向身后退，但身后"嗒嗒嗒"的脚步声越来越响。有个男的笑着叫道："哎呀！落棒哥，去哪啊？"他跑过来用手臂架住我的脖子，紧紧地勒住，似笑非笑地说，"走，咱们哥儿几个带你打街机。"我被三个人夹着，走到了一个有着狭长过道的单元小区。突然我的屁股被人结实地踢了一脚，我条件反射般地反抗，表情狰狞地望着踢我的那个人。只见三个人的拳头像雨点一样落在我的身上，痛得快喘不过气的时候，他们停了下来。

为首那人揉了揉拳头，骄傲地说："学了几个月散打，就拿你试试手。"说完"砰"的一声，我被他那粗壮的小腿闷声踢倒在地。那力道像是一个人拿着木棍往腰杆上抡，我的意识都差点儿消散了。

他将我提坐在角落里，问："你知道我是谁不？"

我回答："不知道。"他"啪"的就是一个耳光。

……

不堪重负的我央求着父亲，又转回那所村小，父亲一个劲儿叹气。回来之后，自己像是回到了地头蛇的巢穴，呼朋引伴。受尽欺凌的自己却开始欺负别人，像是在报复，更像是一种发泄。

但有些人会反抗，趁我回寝室上厕所时，双手撑在床沿上飞身一脚，将我蹬进厕所里。他们潜伏在周围，准备随时报复我，令当时的我头痛不已。后来，我存够了压岁钱买了一把装有橡胶子弹的模型枪，更是让我的征服欲达到前所未有的顶峰。

所幸发生了一件事将我从悬崖边拉了回来，从此改变了我一生的轨迹，也真正让我站出来反抗校园暴力。

那晚放学，我们将几个低年级的男孩追进后山的竹林里，我拿着模型枪一直追着他们打，可他们越跑越快，嘴里还念念有词地嘲讽我们，我一时被愤怒冲昏了头脑，瞄准一个男孩的头一连打了好几枪。忽然间，那个男孩尖叫着扑倒在地上，用手紧紧捂住右眼，吼得撕心裂肺，在地上打滚。

一行人不知所措地站在原地，我于心不忍，慢慢走上前查看，捂住眼睛的那只手里，鲜血如树枝般蔓延进他的衣服里。

我想把他背起来送去街上的卫生所，不料被另一个男生用石块砸到头上。他血红着眼睛瞪着我，像是要将我杀死，嘴里咆哮着："滚！你这个畜生！"我捂住流血的头，心痛自责地独自走了。

这天的事情像是没有发生，只是那个孩子再也没有来上学，小小的乡村依旧是那么的平静祥和。一直负责照顾我的奶奶有一天忍不住告诉我："风啊！答应婆，你不要打架了好不好。"

"我现在已经不打架了。"

"那就好，唉，你不知道，上次那个被你打坏眼睛的孩子多可怜，眼睛差点儿没保住，你妈妈把嫁妆都卖了才把医药费填上，还有你爸爸，每天五点钟就起床到城里的中心医院帮他检查，拿药，然后再坐中巴车回来上九点钟的课。孩儿啊！争口气啊！你爸妈都瞒着你，怕你自责。"

听完我眼眶湿润了，闭上闪烁着泪花的眼睛，心里痛骂自己千千万万遍："为什么自己酿成的恶果要让父母承担，为什么不能设身处地为别人想一想，为什么不能对每个人都好一点，我活着是为这个世界带来灾难和痛苦的吗？"

时空又回到了大学我与室友的谈话中。

我反驳室友说："曾经我也是这样的人，以前我总认为坏人永远是坏人，扶不正；好人永远是好人，学不坏。可现在我觉得人始终是善良的。每个人都不缺乏对人生道理的受诲，我想，缺的只是对道理的坚守。"

室友"呵呵"一声扭过头去不说话了。

不久后的某一天，我在盥洗间里提起浸泡衣服的桶，但却传来一股刺鼻的腥臭气息。我凑近鼻子，这股味道愈加浓烈。我吃惊地将桶里的水和衣物倒了出来，终于发现有两只早已被开膛破肚的小鱼虾。我不断冲洗衣物，但却徒劳，异味已经融进布料无法清洗干净。我生出一丝愠怒，却很快恢复情绪。是的，我想，除了他们，没有人舍得跑去菜市场买回鱼虾放进里面。

我将桶提到寝室阳台，叹了一口气，当着他们的面，将里头的衣物倒进垃圾桶里，又提着垃圾桶，将它们扔到了外边的垃圾车里，像是没发生一般。

依旧是不久后的某一天，一套崭新的运动服安静地躺在我的床上。我将它捧起来换在身上，欣喜地笑了。

我想，所有的人，都拥有一颗善良的心。

云何应往

"那一天我二十一岁，在我一生的黄金时代，我有好多奢望。我想爱，想吃，还想在一瞬间变成天上半明半暗的云。"

答完了期末最后一门课，连夜快马加鞭至北京。

正下着二○二○年初雪的北京，此刻成了北平。

冰碴将融未融，寒气灌入衣领里，抄着袖的老人晒着太阳，和砖塔胡同同样的灰色墙面封闭着二环，车内刷两次码的公交带不来新意，伴手的去核冰糖枣儿太甜，北平的做派太老。

唯有胡同顶来回挥着长杆的人，一圈圈溜着鸽子还能看出点儿趣味。

我所奔赴的北京，便是二十世纪三十年代张北海《侠隐》中虚实难辨的北平。

"街上人不少。有的赶着办节货，有的坐着蹲着晒太阳。两旁一溜溜灰灰矮矮的瓦房，给大太阳一照，显得有点儿老旧。北平好像永远是这个样儿，永远像是个上了点儿年纪的人，优哉游哉地过日子。"

须菩提问佛祖：云何应住，云何降伏其心？

佛祖不应我，肉身只好低眉顺目地听禅，魂魄却暗自睁开眼睛去追寻安心之处。

我一芥子，红尘缥缈如烟，迷了双目，何处是吾心安处。

唯有一路西行。

那天，天气很好，如明镜，我也是。

那天，我是筚路蓝缕的悟空，是及时行乐的八戒，是负重前行的沙僧。

不明前路，肉身随着车转了一道又一道。

途中的市集一看便是乡下。蜜饯瓜果，糖果炒货，散装在麻袋里，一袋挨一袋。店面不讲究装潢，只是白日里通通把铺子里有的摆出街道，比比谁家的更往路中心才好。一条街往往都卖差不多的物品，没有哪家有能耐多出什么花样来。放眼望去，琳琅满目，过了一村还有一村之势，与城里独门独户又矜贵的店铺相较，让人亲近。

顺手买了一串糖葫芦，糖汁里撒了些芝麻，最爱上面那层米纸，小口咬到底也不见硌牙的核儿，这是南方糖葫芦所不及的。

一罐泛着果味清气的荔枝酒刚好佐食。

在后白虎涧下了车。

顿感眼前一惊，这可不就是迎面而来的，将洛夫撞出内伤的山吗？

而这黄褐色的群山像是从悬崖峭壁疾驰而来，戳瞎了我的眼。

眼盲，我乃心明，那天，我是只是念经取经的唐僧。

"重要的东西用眼睛是看不见的，只有用心才能看到。"

山上的雪多了些。

山前的暖湿地带紧靠着一个人迹稀少的村庄。名谓：后白虎涧村。

成群的小孩子奔跑在山前松林里，捡拾松果，嬉笑着挂在屋檐下。这里没有山城的雾气，一眼望去，干干净净的空气可以眺望至目所不及之处。午后的光线恍如霞光般温柔多情。

这里的山头分布着二十一个果品采摘园，树下一对仪态威猛的藏獒却做奶狗状打闹。

我到的那天花朵全都盛开了。

桃、枣、李子、京杏、樱桃、苹果和闻名京城的京白梨。

"都说梨花像雪，其实苹果花才像雪。雪是厚重的，不是透明的。梨花像什么呢？——梨花的瓣子是月亮做的。"

这么一个梦里的世外桃源供养着一个长眠于此的诗人。

他平生少写诗，但走的时候最像一个诗人。

我真的觉得，我涕泗横流的时候，他在我旁边，但没有看着我，只是坐在旁边而已，手里的本子写着透明的字。

我问他在写什么，他咧着那张似乎永远合不上的嘴像是在笑。

人的眼睛会欺骗人，脑子会欺骗人，但心不会。就像认识的人再多，再怎么浓情蜜意，照旧只有极少数的人能让你午夜梦回，心跳如雷。

游天鸣在坟前敬师父一曲《百鸟朝凤》，师父身影出现，真的像是听到了，告别了，走远了。

这不是电影的手法，因为我也看到王小波了。

那一天，我二十一岁。

"后来我才知道，生活就像缓慢受锤的过程，人一天天老下去，奢望也一天天消失，最后变得像挨了锤的牛一样。可是我过二十一岁生日时没有预见到这一点，我觉得自己会永远生猛下去，什么也锤不了我。"

翌日，我二十二岁。

这一年，故宫满六百岁，既然都是诞辰，自然要去沾沾福气。

在此之前，我去还了一段情缘。

北京大观园里，黛玉似乎在鸣蝉的午后，念着多情的怡红公子，欲睡去。待宝玉步履匆匆地来到潇湘馆，逗趣儿着不让这林妹妹积食而睡。

"金风玉露一相逢，便胜却人间无数。"

故宫的天分外地蓝。

衬着朱红的城墙和明黄的琉璃瓦，甚美。

在护城河旁边等落日是旅程的尾声。

皇城近在咫尺，夕阳远在天边，但都能装进眼里。

《风月俏佳人》里面一段台词这样说道："人们在第一次看歌剧时的反映，是十分浪漫的，不是喜爱它就是讨厌它，如果他们热爱它就会永远热爱，如果不，他们可以学着欣赏它，但它永远不可能融入他们的灵魂，成为他们生命的一部分。"

睡在荣宁二府一墙之隔的旅店。

旅店外乐器店鳞次栉比。

潇湘馆的乐声缠绵。

同寝的河北姑娘请我吃了庆丰包子，打卤却是难以下咽。

故宫说小不小说大不大，宫殿都一个样，但攒动的人头却千人千面。

护城河旁外用泥丸打弹弓的闲人，惊起一树麻雀。

北京老酸奶沁人。

烤鸭的面皮二十张太多，炸酱面酱料太咸，唯有小吊梨汤解馋。

公园里三五成群的人当真是"毽"步如飞。

唠家常的说，我家水桶结了冰，好家伙，我就说怎么老是担不满一缸水。

随便走走，推门而入一个古朴书店，围着一方塔。

转个角抬头便是马未都的观复博物馆。

去往国家图书馆的路上，到底遇上了几个院士？

旁边的女生阅读着最新版的《中国新媒体产业报告》。

手中的宋朝，珠玑罗绮竞豪奢。

从东走到西，从北走到南，我才看清，我是真的热爱这个老派的城市。

最后的那一眼，是十六的圆月。

如明镜台。

佛祖答曰：应如是住，如是降伏其心。

醉酒人

在成都上学的时候，家里发生了一件事，想必事情刺激到母亲，以至于她跟我复述经过时，脸庞嘴角都带着些许颤抖。

事情发生在一天深夜，母亲正守着电视机看剧，听见房门有轻微的敲门声。

家里素来没有亲戚朋友串门，我回来也会提前告知，所以她便没有理会。连续不断的敲门声使母亲疑惑着来到房门口，警惕地踮起脚尖从猫眼里瞅了瞅。这是一个三十岁左右的男人，穿着一件脏兮兮的厚夹克，手里握着手机，屏幕发出幽暗诡异的蓝光。母亲好似若无其事，又坐回到沙发上，只是把电视悄悄关上。

外面的这个男人见敲门未果，开始用手掌拍打防盗门，砰砰砰，力道越来越大，然后开始叫唤："开门啊！开门！"

一直就这样使劲拍打，边拍边吼叫，吼得声嘶力竭。母亲忍不住了，贴着房门大喊："你是谁？"

来者忽然沉默了。

再次询问找哪位？

依旧无声。

母亲索性又回到了沙发上坐着，准备打开电视机。

随后只听见整个楼道传出震耳欲聋的碰撞声，那个男人正用脚使劲地踹防盗门，甚至退后十几米冲刺着踹门，用手肘和膝盖如雨点拍打屋檐般不断顶撞，震得天花板也摇摇晃晃，不亚于狂犬病人的疯狂程度。

在这个宁静的夜晚，这种近乎爆炸的声音充斥在所有居民耳朵中，好似没有任何人听见，就这般默默忍受着，冷眼旁观。

母亲认为这人可能是喝醉了酒，神志不清醒，闹一会儿应该就会走掉。但事实并非如此，这个人一会儿去踹电梯门，一会儿来回地砸过道上的垃圾桶，一会儿又对着空气自言自语，咆哮着，骂一些污言秽语。忽而又安静下来，静静地蹲在我家门口，他的瞳孔闪烁着阴冷的光，透露着无比清醒的色彩，绝非醉酒那般简单。

母亲坐立不安，在客厅里反复踱步，急忙翻到小区保卫科的电话，还未来得及拨打，门锁却传来金属的咔嗒声响——那个人正尝试着用钥匙转动锁芯。

好在出于习惯，母亲总在家反锁房门，按道理讲，就算有自己家钥匙也不怕门打开。但这时母亲却想到新闻里的犯罪者，不管是指纹锁还是什么锁都能打开，顿时恐慌得将手机都摔在了地上，然后冲过去拉住门把手，捏住锁扣，拼命地往后拉。

门一直在激烈震动，锁芯不断发出声响，母亲的力气甚至在我之上，精神刺激之下爆发出的潜力可想而知。就这样一直持续了半个小时，母亲全身湿透，精疲力竭地瘫坐在地上，只好捡起手机拨打小区安保电话。每一次拨打都等待至铃声结束，直到传来温柔的女声挂断电话。母亲认为是信号不好或者保安出去巡逻值班室没人，又接着打，直到再次被挂掉。一连拨打了七八次也无人接听，母亲只得惶恐地放下手机，又继续拉住门把手。

快到达身体极限的时候，母亲这才想到向警察求救。奇怪的是，那个人离开了，一路大摇大摆地砸着小区里的东西离开了。

远处公园传来一声狗吠，小区又恢复了以往的安静。

翌日清晨，母亲努力压抑着火气来到安保处，对着保安半开玩笑地说："你们这座机电话是好的吧，坏了记得换。"

"哪里坏了，好着呢。"

"那我拨一下试试，以后有事也好拜托一下。"

母亲拨打号码，房间里传出明快的来电声。

"没坏吧！有什么事情都可以找我们，这是我们义不容辞的责任。"

母亲顿时变了脸色，沉声质问道："怎么我昨天深夜一直打电话你们这都没人接呢？"

保安尴尬地笑着解释道："可能那时候巡逻去了，恰好不在。"

"怎么会呢，你们可是直接把电话给我挂了。"

保安如同川剧变脸般做出一副正经样子，严肃道："那这就不清楚了，昨晚不是我在值班。"

只是所有人都没注意到的是，母亲清晨出门前蹲在门口换鞋的时候，控制身体重心的一只手不小心触碰到了房门。

吱……门开了。

夏

辣

浮光掠影

它会很长，能使你暂时忘记人生的仓促。

窗台外飘零的枯叶窸窸窣窣，做功课的我又走神了，呆呆地扭过头，在暮色苍茫中望着晚霞。

不时飘来汽车的喇叭声，很小很小，像是一个将死之人的叹息。我听见了楼道里的电梯门"哐当"一声打开，有人走出来拍亮了灯。我惊坐起来，立马将电脑合上，"吧嗒吧嗒"踩着拖鞋跑回了房间，盖上被单。那意料之中的，如往常一般准时的开门声并未响起，我恍惚丢了魂一般，才意识到那个人他再也回不了家了。

灯火霓虹的街道，黄澄澄的光，温暖明亮随后又立马沉寂下来，那无边的黑幕，感觉像是被一只漆黑的大手抓住的萤火虫，拼命用最后的生命，颤颤巍巍地带给世间光亮。正如往常带给周围欢笑的自己，自信而又充满希望，仿佛世间再无忧伤和烦恼。又恰似照耀我一生的爸爸，一个坐在黑暗阴影里的

人，他所看见的任何地方，都是光明。

我拿出遗物箱里唯一保存完好的东西——一部手机。紧紧握在手里，像是捏住一份希望，它仿佛拥有灵性，被我弄疼了，闪烁着蓝光挣扎着。我再一次点开通话记录，思绪不断翻滚着，两滴滚烫的泪珠不由自主地从眼角挤出来滴在桌面上。

通话记录：2016年6月26日13：35 120（2）

交警局会客厅里，一位身穿校服的男生静静地坐在两位警察对面。

"是死者家属吧？"随即递过来一张纸。

"他是我爸爸。"

"死者的尸检报告法医已经鉴定出来了，是由于汽车剧烈碰撞挤压驾驶舱导致的瞬间死亡。"

"嗯……我知道。谢谢你们，至少他离开得没有痛苦。"

"我们很遗憾，也非常惋惜自责。但当时现场情况很复杂，半个车头都被钢柱削平了，驾驶舱直接被压扁。120最先赶到车祸地点，可是他们没有工具，没法把你父亲拖出来抢救。等到我们赶到时，说什么都太晚了。"

"唉，这谁又能想到呢。"

"哦对，死者的遗物给你，当时我们破开门就见到它躺在你父亲胸膛上。我同事当时将他的头放平的时候，都能听到颅内骨头碎裂的咔咔响，他离开得没有痛苦。"

通话记录后面的故事，在这个世界上，只有我知道，也只能是我。

另一份报告上显示，120到达的时候是14点14分，而交警是14点38分，交警通过区间测速和监控预测，得出车祸时间发生在13点35分到13点38分之间。

所有人都不会承认的事实。

这两个电话是他自己打的。

昏暗的房间中，凶狠的眼睛像是要刺破黑暗。我攥着他的手机，感受着那种绝望与无奈。在这一刻，我变成了他。

那一瞬的冲撞，将他绑着安全带的身体从座位上拉起，头猛地砸到了方向盘上，一片混沌，整个世界黑了下来，快要泯灭在生命的旋涡里。温热的液体在脑袋里流动，从耳朵和鼻腔里流出，顺着下巴汇聚滴落在裤子上、鞋子上。胸口压抑得无法呼吸，甚至身体连蜷缩在一起的反应都没有，却艰难地留住瞳孔里的光芒，拼命撑开眼皮，努力让自己保留哪怕是一丁点儿意识。

可我想我永远也无法成为他，他竟然能从腰间的皮包里将手机摸出来，解锁，然后拨了两次120。

我也知道为什么会拨了两次。

他疼得说不出来话，死死地盯着屏幕，想动一动舌头发出声音，可没想到平时简单的动作，此刻竟艰难得无法完成。于是120挂掉了。

不甘心啊，他又拨了一次。

可是这需要承受多大的痛苦，多强的求生欲才能完成这几个动作啊，这已超越了生死，超越了一个人的极限。我知道他想拼命地让自己清醒，坚持住啊！让120来救他，多么不想死，多么无助绝望。与死神度秒如年地搏斗，几分钟过去了，他已经明白，自己无能为力，真的已经不行了。

如果他还能说话，我想他会从牙缝间颤颤巍巍地咬出一句：

"陈风，爸爸要死了……对不起……"

我看到我的笔记本出现在他的书桌上，上面是语文课上老师吟诵的话：

时光太长

我害怕我会记不清你的脸庞

都说真正的离世其实是遗忘

我见过生的开场

也见过死的模样

我多想让你再看看外边的太阳

也希望能为雪地里的诗句再添几行

微风拂过宽敞明亮的教室，语文老师捧着课本来回踱步，讲述着阅读题目。

"同学们，我们总想着有一天离开父母，但是否思考过父母会永远地离开我们呢。于是这时候的我们就只能梦想着，能否有一时片刻，重新变回寄居在父母屋檐下的孩子，抱抱他们，不必害羞地告诉他们，我们爱他们，然后安心地紧紧依偎在他们身边。"

气氛顿时沉默下来，半晌，课代表站起身回答："其实我们从来也不会失去双亲，即使他们过世之后，还是与我们同在。那些对我们怀有感情，并且把全部的爱都奉献给我们的父母，我们要替他们好好活下去。而他们将永远活在我们的心中，不会消失，以生命的另一种形式存在。"

打开书房的台灯，我苦笑着立在书桌旁，推开笔记本旁边

的文件，拿起一张压得扁扁的黄色信封，将里头黑白交错的纸张抽出。

是一封信：

陈风，我想当你看到这封信的时候，我也许做了一件这世上最愚蠢的事情，很遗憾我没能再有机会弥补。作为一个男人，我敢作敢当；但作为一名父亲，我想我压根就不够格。

你要原谅爸爸，爸爸只是一个普通人，一个懦弱的人，所以才选择逃避，选择独自承担。曾经我没有把心放在这个家上，可现在我不想亲手毁掉它。

爸爸沾上了股票，欠了很多你无法想象的钱，我像一个赌徒被他们牢牢捆住。尽管我也明白，可我知道，除了一条道走到黑别无他法，谁也救不了我，我也不敢和任何人讲。所以哪怕只有一线生机可以弥补，我都愿意扑上去赌一把。

我现在精神达到了崩溃的边缘，就在昨晚，我亏空了所有的钱，万念俱灰，可我还妄想着东山再起，于是借高利贷的人找到了我，他们放给我诱人的金额，我差一点就控制不住了，脑子里唯一的理性拉住了我，假如我真的这样做了，毁掉的不只是自己一个人，而是一个家庭。我只能选择这样的方式，我很抱歉，儿子，让你这么小就失去父亲，可我已经走投无路了。

真怀念啊！现在望着那空荡荡的房间，我多想你们母子俩有谁会出现，或者是给我来一个电话。我炒了两盘菜，将灯光开得满满的，倒了三杯葡萄酒，然后一个人吃，因为这样使我感觉到曾经家的味道。

每个月的月底是我最开心的时候。你们母子俩回到家，我在生出灰尘的厨房里做上一顿丰盛的晚餐，你总调侃说，没有以前好吃了，问我不是经常做菜吗，我只能笑着为自己解释，任何厨师也不能保证每一次都炒得很好。我知道你们现在各自有各自的生活，一个在学校整日学习训练，一个在单位拼命加班工作。而我，除了待在学校上课，就只能打牌下棋，消磨光阴了。

爸爸从小到大都是一个穷人，没有能力却无比渴望金钱。对自己甚至对你，都是一毛不拔。

记得那次在香港的一个游乐场，你说你饿了，想要吃洋快餐。

我说这里面的东西太贵，包里有面包，先克服一下吧。

你说就想吃那个。当我看到一碗沙拉粉条都要八十多港币的时候，我下不去手。

但你就是偏要吃，说不吃今天就不走了。

然后我发火了，我说我哪来钱给你买！你蹲在地上垂着头就哭了，我一咬牙买了下来，你捧着边走边吃，嘴里却说着不好吃，不想吃了。

我明白你的意思，你以为我会像往常那样帮你吃完。

其实我也好饿，但为了顾及我这个当爸爸的颜面，也为了教育你，我接过来，转身就扔进垃圾桶里。

我说可惜不？你说好可惜。那为什么还要买？

　　你说你嘴馋，看见旁边那个孩子的爸爸给他买了好多冰激凌和牛排，美慕。

　　那一刻我觉得你没有错，错就错在爸爸太没用。还有那次在丽江的一米阳光，我们俩都是乡巴佬，觉得里面好新奇，有音乐有美酒很吸引人。我们找了个靠窗的位置坐了下来，服务员递上菜单问需要点什么。我拿着一看就傻了眼，就连最便宜的罐装可乐也要48元。我说等人呢，先来瓶可乐吧。

　　服务员带着鄙夷的笑容说：好的先生，您稍等，温馨提醒一下您哦，如果您只点一瓶可乐的话只能在此逗留20分钟，我们也要顾及其他顾客，请您谅解。

　　我看着你用不解的眼神望着我，于是我把菜单递给了你，你表情木了一下，抬起头说：爸爸，其实可乐挺好喝的，夜景也很美，音乐很好听，挺浪漫的，你喝吧，我不渴。

　　我倔强着嚷道：我不爱喝可乐，专门给你买的。

　　你却说道：咱们一人一口！行吧？

　　行！生平第一次把可乐喝得如此津津有味，喝着喝着你就贪心地把它一口喝完了，还舔了舔嘴巴笑道：哈哈！48元的可乐就是要甜一点！

　　看着喧闹的餐厅，我们渐渐陷入了沉默，我说欣赏一下音乐吧！你说好呢！我知道你不时用缭绕的目光扫视周围餐桌上的奶昔、烤串、三明治。那一刻我的心被刺痛了，当我决定豁出去买两份三明治的时候。你站了起来，笑着说：爸爸，20分钟快到了，再不走的话人家就要催我们呢，那多没面子呢！

走出门的那一刻，我暗暗发誓，如果还有下次，我一定要让你想吃什么就点什么，再也不用看着别人吃了。我真的太失败了，连满足你一个小小的愿望都不行。

爸爸被生活磨平了棱角，变得越来越市井，甚至开始抢夺你的压岁钱。你哭着将钱抓住，手伸出窗外，大吼道：你不是说这钱是我的吗？凭什么啊？

我激动地反驳：不是我拿钱给亲戚的孩子，他们能给你吗？

可你却倔强地说：那我就把它扔下去，咱们谁都得不到！

我发了火：你敢！你要扔下去，从此以后就不要喊我爸爸。

我去过补习机构补课挣钱，坚持过很长一段时间，但后来也放弃了，因为我觉得辛辛苦苦几个月下来还买不起几张机票，抵不过你妈妈工作半个月。可能我认为作为一个男人就要学会怎么去创造财富吧，也或许是我财迷心窍，这么多年了，你妈妈一直是这个家的顶梁柱。我是个男人，不想一辈子吃软饭，只想留下那么一点颜面。朋友让我尝试一下炒股。原本也没抱什么希望，也许是那段时间行情好，高额的回报让我心动了，我咨询了许许多多做理财和懂行情的人，开始借钱、贷款，梦想着一夜暴富，之后金盆洗手，安安稳稳过日子了，只可惜……

我已经背着你妈妈借了几十万的债，那天晚上我们一起去吃饭，我没控制住情绪，吃着吃着忽然来一句：龟儿真的想去跳楼了。

这句话一下子把你惊愣了，你生气地问我是不是酒还没醒，说些什么啊！还有那次在高速公路上突然失控。其实那段时间我开车经常走神，满脑子想的都是股票。我知道你当时用一种害怕的眼神看着我，就像看着一个病人。

陈风，从小到大，你一直都没让我失望，每次饭局兄弟伙之间相互比较孩子时，我就从没抬不起头过。他们都说我教子有方，培养出如此特别的你。我知道这话中带刺，言外之意不就是孩子他妈特别能挣钱，孩子特别争气，而我呢？是不是除了做饭和败家之外，其余什么也不会。其实这一生能遇见你们，是我莫大的福气。

可我竟然欺骗了我的养父，我的恩人。我偷偷将他的养老金取出来砸进了股市。我是一个白眼狼，是一个畜生，我没脸再面对他了。

我是土生土长的农民家的孩子，我甚至都没有见过我的亲生父亲长啥样他就去世了，我只知道我们这一家子的男丁都被征去打仗了，音信全无。我们家穷啊，本就没有几口人，还都是些妇幼老人，挣不到工分，年年月月都挨饿，你奶奶没有办法，把我抱给一个年迈的富农。

养父对我很好，只是不让我读书。我每天背着背篓在十里八乡挑粪浇田，割草喂猪，劈柴做饭。那时我真的好想读书，我不想一辈子待在大山里，守着这穷困的农村种田糊口，我想出去，想见见世面，想挣大钱。那天我跪在养父面前，求他让我去读书。这一次我铁了心了，我知道自己太过分，我不是他亲生的，他给我饭吃给我衣服穿，现在还要拿钱给我去读书。

我不是贪得无厌、知恩不报的人，我发誓一定会考出去，将来挣大钱把他接到城里去享受。

我不停地磕头，最后他应了一声，说你去吧，要是觉得不是这块料，就回来，要是考上了，就读下去。

你不知道我有多高兴，一晚上也没有睡着。后来我奋发图强，考上了李市中学和江津中学。当时老师让我考中专，那时中专是最难的，毕业当老师是铁饭碗，但我不想去，因为这不是我的志向，我要参加高考，我的目标是石油大学。高三时，我一直是老师的希望，是全班最有希望上名牌大学的人。

高考前夜，我太紧张了，太想走出农村，跳出龙门了。我太想了，翻来覆去睡不着，那时候天气很炎热，蚊子叮得人烦躁不安。

就在第二天下午，在考场我突然就晕倒了，醒来时躺在医务室，我不顾医生的阻拦，爬起来就往考室跑，可惜只有20分钟了，可想而知。

考完了，我抱着那堆书失声痛哭，我曾是母亲的期望，老师的得意门生，现在我考砸了，一切都毁了，复读是不可能了，我只能一辈子待在农村。

所幸那年的题很难，我没有落榜，考上了重庆教育学院，我是我们村里第一个大学生，尽管心中一万个不想读，却又不得不去读。大学出来后我还是做了老师，回到农村教书了，依旧没有跳出农村。在那的信用社我遇见了一个年轻的女孩，也就是你妈妈，后来我们有了你。也许这就是缘分吧。

　　平时多让让你妈妈，她是刀子嘴豆腐心，也不要怪她那么严格地要求你，臭小子加油啊，以后当老师了可要多教点儿人才出来给我看。也苦了你妈妈了，如果她遇见了合适的男人，不要怪她，毕竟你们需要一个家，为我的离开感到抱歉，对不起，陈风，试着去长大吧，也好好骂骂你这不争气的爹。

你的父亲

　　信纸被浸湿了，我回过神来，小心翼翼地将它收好。我还是难以接受他离开的事实，拼命地寻找他曾经存在的痕迹。一个人就这样从生活中消失了，好似不曾出现过。我想下楼买点喝的，其实城市并不喧哗，它常常比蝉蛙声万籁齐鸣的乡村安静，安静得像一个地方……

　　哭得梨花带雨的姑娘跪在了我的旁边。
　　安静的灵堂里，白茫茫的一片。亲戚与朋友仿佛见到不速之客，顿时喧闹了起来。

"你不是我的谁，不需要你这么做。"

"叔叔的离开一定有我的原因，对不起，真的对不起，你就让我陪你守夜吧。"

"那天中午我说过，我放弃了，从此你我再无瓜葛，不关你的事。"

"如果不是因为我让你留下来吃饭谈论那件事情，也许有你陪叔叔开车，一切就不会发生了。"

"和你没有关系啊！要我说多少遍，你怎么总是这么自以为是啊。人各有命，上天自有安排，从哪儿来回哪儿去，也不要打扰他清净。"

班主任急急忙忙冲进教室喊我时，我刚吃完午餐回到教室，一直将头埋在书里抽咽，像是没有听见一般。就在这之前，那位女孩在食堂向我摊了牌，她说："我知道我以前对你说过一些暧昧的话，可我真的只是想成为你最好的朋友，而并非喜欢，我有喜欢的人，并且答应他高考完在一起。"

"可能你也能感受到，我喜欢了你九年，这也激励我变得越来越好，没有关系，初中时你也说过同样的话。你不就是喜欢我兄弟×××吗？没关系，我愿意等。"

"不，不是他，是他们班的班长。"

听到这我强压下满腔怒火，说道："你还记得吗，曾经我还写过一首诗祝福你们。他是我从小到大的兄弟，他比我优秀，我没有怨言，可现在我听出你的意思了，我们连备胎都算不上。"

"不！不是，我真的只拿你当最好的朋友……他们……"

"姓郑的，我真是看走了眼，喜欢上你！我对我曾经做的事感到羞愧！从此我再也不会来烦你了。"

"陈风！你爸爸出事了！假条我给你开好了！赶紧坐摩托车去刁家高速路口！赶快！"班主任将盖住我脑袋的课本掀开焦急地说道。

"什么！"我近乎昏厥，眼泪在眼眶里打转，周围的一切仿佛都在旋转，瞳孔无法聚焦，不断偏移，不断跳动。我狂奔着冲出了校园，脸上早已风干的泪痕再次涕泗横流起来。飞速前行的摩托车上，我甚至还未品尝到失恋带来的苦涩，悲痛化为的滔天巨浪就把我淹没了。那一刻我失态地放声大笑，像是嘲弄着人生如剧本般荒诞可笑。

待我赶到时，父亲的躯体早已不见踪影，只留下冒着黑烟的汽车残骸。此刻我意识到，我的爸爸没了。我伯娘早已哭成一个泪人，她见到我时，激动地握着我的手，重复念叨着同样的话语："你爸爸不在了，你要坚强，风儿。你爸爸走了，爸爸走了。"

那一刻我不能接受一个从小吃苦耐劳、坚毅顽强的人离开了，但我知道，你一定努力地活下去了，可是我见不到你，也不敢见你。

在最后火化之前，亲戚把你从冰棺里推了出来，他们呜咽着哭出声来："风儿，你看一眼吧，看一眼你爸爸，你再不看这辈子再也看不到了！看一眼吧！"

我害怕，我无法面对。我鼓起勇气，看了你离开这个世界后，唯一也是最后的一眼。见到你的容貌的时候，我甚至控制不住身体的抽搐，眼泪喷涌而出，双手不断地擦拭。你留在世间最后的样子，脸颊上结了厚厚一层血痂，嘴巴像承受了太多人间疾苦，向下弯曲着，是那种很深很深的遗憾，很沉很沉的悲伤，谁也不会明白，你这般模样，会令人多么心酸。啊，父亲！可我真的不想长大。这么多年，学会了欺骗你，学会了隐瞒你，为什么到了今天，才学会坦然面对着你啊！

我拉开饮料拉环，一饮而尽，肚子里传出"嗝"的一声。街道边大排档的男人女人也在重复着我这动作，他们的瓶罐掉落在地面，被夜风吹动着，发出"哐哐当当"的声音。

深邃的夜里我想起一首诗：

一个男人要走过多少条路
才能被称为真正的男人

一个人要仰望多少次
才能够看见天空

一个人要有多少只耳朵
才能听见人们哭泣

是啊，到底要牺牲多少条生命
才能知道太多的人已经死去

答案，我的朋友，在风中飘荡

答案在风中飘荡

白日梦

似乎没有一个春天像今日这般阴霾。

夜里沉沉睡去，清晨再迷茫地睁开眼，时间概念模糊不堪。除了必须做的那几件事，我不记得自己还做了什么，更意识不到这段流逝的时光有何价值。

如果没记错，最近一次看到阳光刺破云层的景象已是一个月前的事了。这与我曾经历的太不相符，很难接受，现在的状态，有些像朴树写的"活得不耐烦，但是还不想死"。

昨夜室友还沉浸在女友劈腿的悲怆中，拿着酒瓶一杯一杯往嘴里倒，又一个人在厕所无声地抽泣着、呕吐着。回来途经走廊，狠狠地将自己摔在地板上，脸上被瓷砖划开一道很大的口子，鲜血直淌，那样子像是经受过极致悲苦后的绝望。回到房间后又接着吐，吐在白净的床单上，污秽溅起一地，落在众人的衣裤上。

我不会安慰人，总认为安慰像是一种幸灾乐祸和无关痛痒的反倾诉，更何况没有一个人能了解另一个人的内心。但我难以启齿，也不相信酒后吐真言。也许酒能让人更冷静。从没喝过白酒，也喝不了几杯啤酒的我，那时却把水杯里沉甸甸的烈酒一下子喝完了，于是开始平平淡淡地轻启，讲诉幼时的校园暴力，也叹息还未发芽就夭折的可笑爱情，漠然无神地说着我那可怜的父亲，还有那可悲的爱情。全寝室的人听得都坐起身来，那位哭泣的男生沉默良久，他说：我为爱情流眼泪，我觉得自己很矫情。

穿过校园密集的人群，坐在操场。今天的阳光很好，该多晒晒这暖阳。疲惫的身躯不受控制，头直接倒在了草坪上。

这里只有我一个人，所有的擦肩而过都慢慢消失在回忆里。

要经历多少擦肩而过，又有多少未来值得期待。

能够昏昏沉沉地望着天空，想一些无关痛痒的文字，证明

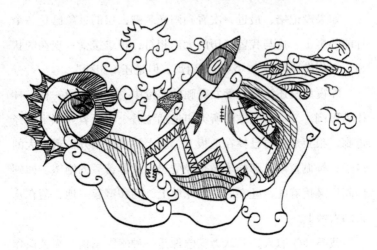

我还不算迷糊。

似乎不需要大脑的参与，一切也能顺利进行。一切那么自然。需要记住自己的每一个状态吗？那些逝去的日子和失去的朋友，总是感觉他们在召唤我。我是否为他们而活。当我靠近，他们散去，当我远离，他们又萦绕，该怎么学会忘记。

有一个人，他有很多事要做，但当你和他一起走进一片色彩缤纷的树林，你还没来得及感慨，他已经忘乎所以地大喊大叫：哇！太美了，太美了！独自欢天喜地。

这是他十五岁的样子。

另一个人，他也杂事缠身，你与他同样来到这片林子，你已经享受其中，感慨无限。他开口：好了，这里看了，一会儿我们去哪？完了之后呢？快点儿，我时间紧。

他今年二十岁了。

昨晚月色清冷，四野静谧，昆虫略微一点声响都那么清晰，仿佛每呵出一口气，都会在月光下化为白雾。

雾气之外，苍茫、干净、宁静。大家早已入睡，同样的地点，不同的梦，香甜又或难受。无声的，有声的，我会在多年以后想起这样一个夜晚吗？一无所有却又无比充实。那时陪在我身边的是谁，我又将陪在谁身边？一次次的重复旅程，有没有区别，有没有希望？

眉毛上有水珠，清晰可见。我想自己已不再是做梦的年纪。起身，慢慢踱步回寝室，迎面走来一对情侣，她笑靥如花，他一脸骄傲。

我们目光汇聚，我并不躲闪，因为我同样骄傲，脑海里突然想到一句：恋情里空幻的许诺给你的是美好还是惆怅？夜幕里的流星雨划过你们的眼神了吗？流星恍然一逝，爱情同样如此。

　　此刻，我更关心那个和我血脉相连的人，不知道他在那边过得怎么样。

　　但我仿佛就是他。

　　今生以前我是谁，今生以后谁是我？推开房门，阳光早已透进来，被子该是暖和的，快去躺躺吧，不该做梦的年纪，梦似乎最多。

电子厂的夜

"叮咚。"

自从长假离校回家，手机也闲了下来不曾响过，顿觉心情敞亮，甚至没来得及看清来电昵称。

这熟悉的声音是中学时的旧友，虽然他早早辍学进厂务工，但我们时常聚会郊游，依旧保持着无酒不欢、无话不谈的联系。

他浑厚的嗓音带着一丝戏谑，问我："暑假一起去看'跳楼'不？好看哦！"

"跳楼？什么跳楼，跳楼有什么好看的。"我一时半会还没有理解他说的讽刺梗。

"进电子厂上上班，反正你闲着，不如挣点儿钱。"

我应了。

往事不堪回首，记得上次进厂干活，还是去年双十一，那晚万家灯火通明，所有人的目光都聚焦到网上。而我却早早地背挎着简单的衣物，来到荒凉偏僻的郊外公交站，跟随几位室友步行来到一家物流运输厂。

做的事情很简单，就是将来来往往停在门口的大货车里的包裹卸下来搬进仓库。室友得意地自卖自夸："快递公司专门招我们体育学院的学生，工资待遇也比其他临时工高，况且这活又轻松又锻炼身体，可谓是双赢。"

起先碍于环境生疏，干起活来麻利，毫不拖泥带水，能跑就绝不走，后来渐渐与车间管理者熟络了，这才开始以平常心对待这份工作。晚间时分他还给我们仨炒了蛋炒饭补充体能，没有社会经验的我一时感激涕零，自认体会到了人情冷暖。

零点后的物流越发密集，加之长时间劳作身心疲惫，显得有些分身乏术，干脆就破罐子破摔，为了追求极致的搬运效率，直接就把这些顾客们心爱的"宝贝"拎起往库房里甩，也

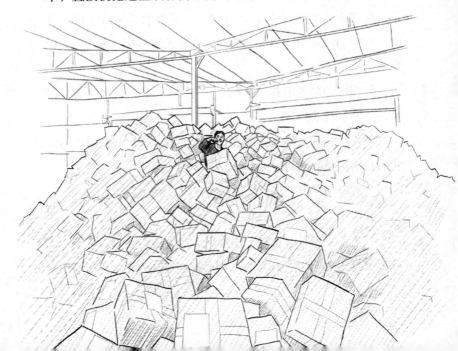

全然不顾是不是易碎品。

后半夜管理者困倦得打哈欠，无心监督，我们越发猖狂，像是积怨已久，又或许是愤愤不平，一边搬着纸箱子，一边自言自语、破口大骂："一天就知道买买买，买这么多东西干什么？"室友也在那边应和着："我省吃俭用，过来辛苦挣点儿生活费，大家都是学生，凭什么啊？"抱怨归抱怨，手上的活却半分不敢闲着，渐渐将其垒成了一座高约七米，半径十余米的纸箱大山，进出不见人影，体积之大，连自己都为之咋舌。

清晨八点，结工资时，车间主任还多给了我二十元早餐小费，拉拢着说干得不错，问今晚还过来吗。

从晚上八点近乎不间断干到现在，十二个小时，一小时二十块钱，共获二百六十元。来时的心境与此刻宛如两个极端，现在只觉得为自己不值，这点儿钱太少，惋惜着换掉将身体浸出痱子的汗湿衣裤，同他们一起坐着晃悠悠的中巴车，困得将头仰放在座椅靠背上，微闭双眼，嘴巴张得像是要脱水的死鱼，任由颠簸的路面顶着牙床。

从那时起，我便不甘被资本剥削，沦为廉价劳动力。这次去电子厂索性也全然是为体验生活，体会一下一线生活，当思钱财来之不易。

一个淅淅沥沥的早晨，我们来到工厂中介所在的衡门深巷，未曾带伞具，便以一副落汤鸡的狼狈形象出现在一家又一家中介面试场合里，更像是标准的底层农民工家庭的孩子，因此这些"黑中介"老是将我们当白丁来应付，想方设法坑蒙拐骗，榨干我们的剩余价值。（务工者从中介处进厂工作时，只需注册政府认可的工人身份，政府便会给中介一笔返费，但那笔返费本应是工资的一部分，中介欺负许多没有文化的农村男孩女孩，以此获利，甚至有的人没有拿到一分钱返费。这样的返费通常在一千五到两千五，加上一个月基本工资两三千元，工人一个月工资能有五千元。）

同学说厂里鱼龙混杂，我们便没有选择住在厂区，而是在西永老街的一处安置房合租。这些二十世纪的老房子颤颤巍巍地倚在半坡上，溜青的石板路，破碎的砖块路面，昏暗得可有可无的光线，都为这里的一草一木映衬出阴森僻静的气氛。好在坡顶有一所小学，为沿途增添了少许人间气息。街道上的门店招牌有的甚至是用油漆涂鸦的，但这里的物价也是奇低，总之我已快有十年没吃到过一块钱三个的包子和五毛钱两个的馒头了。

待我分配到厂区流水线，来到仓库三楼更衣间换置静电鞋和衣物时已是黄昏，敢情第一天就安排了夜班。沿着仓棚外的简易钢架楼梯走下来，污迹斑斑的预制板从铝板中裸露出来，水管和电线如同蛛网遍布四周，一层一层蓝色通道斜插在头顶，纷繁复杂，犹如世事和人心。

我意识到这里有诸多和我年纪相仿的人，他们也是抱着打暑假工的想法来到这里，以女孩居多，其中不乏许多面容身材姣好者，倒像是一道令人赏心悦目的风景线。

第一天，站着，然后重复检查零件，看得眼睛直冒泪花，然后忍受着流水线线长不耐烦的教学。

第二天，学的东西越来越多，当我渐渐适应单一不变的几个步骤时，流水线却因故障停工了，线长将我发配到其他线上。

第三天，脖子开始反抗，酸痛难耐，环顾这些坚韧专注的女孩，安慰自己没必要连个临时工都干不下去。事实上，我也没打退堂鼓，只是不想像这些老员工一样，每天拼命地干活而别无选择。我渐渐开始思考以后怎么努力才不会沦为廉价劳动力，一辈子在工厂那有什么意义呢？那样活着不累吗？半年乃至几个月，我就受不了，何况一辈子。但一想到我妈每天辛苦地早早起来做早餐、上班，而我在家睡大觉时，便油然而生一种愧疚感。

　　新发配的那条流水线的线长为人非常好，这个"非常"二字在这样的环境下更显难能可贵。他不厌其烦地教着我们这些笨拙的员工，有人偷他抽屉里的泡面他也不说，终日乐呵呵的，憨厚得像个活宝。线长旁边有位看起来比较年轻的蓝衣师

傅（厂里等级高低分为红黄蓝白），平时喜欢勾搭女孩，吹牛显摆。在老家都有老婆了，生活依旧不检点，经常在厂里找"厂妹"欢愉。身旁的一个女孩空闲时和我聊天说，他和那些人说的话都很低俗，非常低俗。

好心线长总是一边警告那位蓝衣服师傅，不要三番五次跑下来搭讪，否则就举报他，一边提醒线上的那些年轻女孩，不要轻信陌生男人。有天线上有位女孩下班时呜呜咽咽，哭得梨花带雨，线长问她怎么了，她说男朋友又管她要钱，发的那五百块钱已经打给她妈妈了，身上的两百块钱全都给男朋友了，自己没有留下分文，没钱吃饭，饿了一天了。线长听了心疼不已，掏了两张红钞给她说以后有钱再还。

这般正气和善良令我震惊不已，竟有些不真实的幻觉。也许是被工厂这种残酷的环境所影响，小主管和小组长尤其喜欢训斥新人，甚至连厂区的门卫因为掌握着一点儿小权力，平时也都摆出一副目中无人的态度，只会对上级阿谀奉承。他们并非想让你把工作做得更好，更多的只是一种对权力的自我满足。而员工相互之间最常见的就是各种嘲讽和攀比，他们有的人已经毁掉了自己的一生，特别愿意，也特别希望，把别人希望的火苗掐灭，好让他们面对自己残破的人生时，有更多的理由和借口宽恕自己，寻求慰藉。

工期过半，想着利用一天假期休息一番，邀请线上的几位女生去看电影，她们满心欢喜，欣然答应。原来她们平日里都只是去公园里散散心，或者是偏僻的溜冰场、服装店，连电影院都舍不得去。没钱啊，有什么办法，都没有钱，哪有钱啊？

她们总是这样自嘲道。

后半月的日子越发难熬，每天我都试图逃离这种不见天日的思维困境，却又被无边的睡意冲塌，翌日重新回到流水线上，机器一般，重复着简单的动作。在透支着身心的同时，又止不住胡思乱想。

好安静啊，稀稀疏疏的传送带声，穿着白长褂的工人们无声地站立着。"真安静啊，这零件怎么越看越黑啊，你说这人死了是不是就这般场景啊，我死了还能这么想吗？"我猛地醒悟了，感受到一丝丝电子厂那些跳楼者的心绪，这种重复无意识的劳动总会让人生出生与死的念想来。我日复一日地提醒自己，自己是大学生，这些往事都将泯灭，我会拥有光明的未来。

离开电子厂的前一晚，我没睡好，也许是楼上的那对小夫妻家庭矛盾又升级了，深夜里刺耳的污言秽语混淆着砸在地板和窗台上的瓶罐声，为夏夜里的暴雨增添了一道道雷声。

在这个繁华喧闹的城市边缘，破旧的小平房内，我想到这个城市里千千万万的普通打工者，他们连一点儿微薄的美好希冀都看不到，在这样一个暗淡的世界，是什么样的毅力让他们有勇气坚持下去呢？

可他们太平凡了，平凡得在时代的洪流里泛不起浪花，这样的故事似乎已经被大家所遗忘，而他们自己，也在被挤压的欲望中，通过杀马特的造型来获得别人的关注，顶着"咣咣咣"的节奏在溜冰场跳舞，然后进入一条条残酷无声的流水线，缓慢地在这个社会上消失……

白云山月生

　　高中的时候我开始萌芽，想象自己破土以后长成什么样子，是树是花还是草。未知很迷人，所以才会常常拾起上路的信心。

　　去洛阳的这趟旅程来的仓促。

　　现在忆起当日的种种，只剩下那没有杂色的绿，像藤蔓般漫延着二〇一九年的夏天。

　　洛阳，是一个悠闲的城市。悠闲包含着许多种意义，生活节奏慢，历史长，人情味足，诸如种种特质都被赋予洛阳。

　　洛阳，洛阳。

　　听起来好听。

　　像是一个会插花抚琴的男人。

　　迎接我的是商店旁的茉莉，白白的，小小的，在清晨的光辉里，开成了电影里的特写。还有回头一瞥的向日葵，孤零零的一朵，在道路旁边，但好娇气，抬起脸，东方的太阳不远万

里过来亲吻她。

听闻洛阳嵩县的白云山可观日出。

忆起峨眉山看到层层叠叠的云海、烟雾、山峦，但未能看到日出，等待日出于我，是种念想。

山路辗转，路途漫漫。山穷水尽处，绮丽不胜收。

登上白云山，坐在敞篷观光车里，夏日的凉爽扑面而来。

"春有百花秋有月，夏有凉风冬有雪。"

白云山拥有着最舒适的夏天。

不禁想扎根在这湿冷的土地里，挺拔成一棵树。如雪堆里掩埋的梅花，不畏严寒，自是一股凛然正气。

凌晨三点下雨，雷声轰鸣，一个下马威，人不可与之抗争，自此，白云山日出只好凭空想象。

抱憾归去，归去那日，夜晚着实不算优待我。但我却无不满，人生就是历劫的，只是苦了我那席地而睡的友人，但愿此劫为他日后挡去些风雪。

不记得确切时刻，只记得在夜色中乘凉，站在房顶上，看到天色与山色相互渗透。不是纯粹的黑色，不久察觉到天际开始微微清澈，越发看得清那边界。

　　方知，此乃月生！

　　忙催促友人出屋观看。

　　月亮用肉眼可观的速度升起。不到十分钟，便跃了出来，清辉如水满溢，温柔地抚摸着山头和我。

　　阮筠庭在《月亮短歌》一书中有一句：没关系，我没有在等待。

　　为了等日出而来，为了等那瑰丽的朝霞而来，等了多时，到底会不会等到，永远未知。所以，不要再等待了吧，换一种

心境，接受现在，不管境遇，只活在踏踏实实的这一刻。

睡在山里面，四下俱寂。

心绪不宁，无眠。

凌晨三点，听到了久违的雄鸡报晓声，绵延传出很远，再远一些，就传到天上去了。

出屋看见昨日黑黝黝的山体都变成了绿色。山里的空气既干净又好闻。

四周平淡无奇，但这样的平淡却是我经过车马劳顿得来的，理应珍爱。

混沌的光晕，即便是一棵树斑驳的阴影也成了雨后路旁的一团水渍，被自行车轮压过，荡起阵阵水波。头顶忽闪而过的月亮引诱人前进，它不是振奋的呐喊，而是絮絮低语，就像女巫咀嚼出的咒语，也像寒冷海面上塞壬的歌喉，让聆听者陷入迷幻之境。

那声音自洛河北岸传来，白马寺僧人的吟诵和龙门石窟的凿刻之音在时间这条河流中浸染过，变得粗粝。原来的彩绘颜料被侵蚀、氧化后，就成了石灰岩最质朴的灰暗色。而千百年前，洛阳人的乡音在僧人的胸腔和声带间缭绕不绝，时至今日，外客一听，僧人的低语依旧镶嵌着混沌而不可外道的天机。

走在观佛的栈道上，贴着一个个紧密相连的佛龛。神态各异的佛像在深深浅浅的佛龛底，曲折的栈道上常常有柳暗花明的巧思，转角便见一拱形的龛门上挂着一片爬山虎，被叶片一遮，阳光照不到佛像垂下的衣角，佛像的脸庞静静的，在整座庄严肃穆的石窟中，开辟出了一团山水田园的静气。一尊秀气而害羞的佛像，使人凡心一炽，爱怜不已。

一番攀登后，至卢舍那大佛洞窟处。

巨型的自然或者人造景观往往会对观者怦然一击，至于这一击带来什么，各人自有个人的体悟。卢舍那大佛和依山傍水的乐山大佛一样，我触之不是以目观全貌，而是一阵祥云迎面而来，迷得人睁不开眼，冲开了一身的郁气。好安静，我的心很寂静，游人如织的四周很寂静，十七米高的卢舍那大佛同样很寂静，这片福地腾起的阵势就这样沉静地宽慰着迷途者。

传闻卢舍那大佛造像是按照武则天的模样雕琢的。武氏造字：曌。意为日月当空。千年过去了，卢舍那大佛就如其本来"日月当空"的释义，带着女皇的恳切嘱托，让后人能窥见武皇的一分真颜。

伊河吹来的风是燥热夏日里人们手中握化的冰棒。

洛阳的夏夜也是凉的。

在城中骑共享单车踏碎月色，混沌的光晕让记忆带上朦胧的色泽。一圈一圈地往前，时光也在年复一年地往前，女孩的笑脸就四散开来，荡出去好远。

我对夏夜的回忆，常来自一碗凉粉或者凉虾。也常常不明白，为何幼时的味道总是让我在后来的岁月里苦苦追寻。我真的不想再次品尝那五角就一大碗的凉粉，说不定我现在吃起来会挑出许多刺来，红糖掺水太多不甜，凉粉质地也黏腻不干脆。好多问题没法得到解答，好多遗憾也没法得到圆满，和那个味道相伴的回忆画面中不止我一个人，还有一个人在燥热中陪着我，那就是一口一口看我吃冰粉的爸爸。原来我只是放不下陪我吃凉粉的爸爸，年轻的爸爸。老过才知年轻的万般好。

在街边吃着加了很多新奇辅料凉粉的我，看见洛阳上空的明月柔柔地眷念着友人的我，骑着自行车刚从河南科技大学打完网球出来的我，二十一岁的我。

稚气得让我想吻他。

影子爱人

　　她坐在长凳上倾斜了一下，这个年轻的男人注意到她很没有必要地拉扯着身上那件平整的长裙，将左腿斜斜地往向前伸着的右腿上靠去。他是一个沉默内敛却洞悉人心理的人，虽然这剖析未免过于单薄，但不难看出，凡有外人在场，不论其中有没有画家、摄影师或者记者之类的人，她总是尽力保持一个姿态优美，适合拍照或是素描的角度。和她在一个屋子里哪怕只待十分钟，都会感到疲倦，他不禁自嘲：女人嘛，总是有些目光短浅的地方，也许正是这些短浅使她们更可爱了。

　　他时常出差，总是借机游览当地的名胜古迹，也由此见识到天南海北各式商贩，这些商贩们利用着人与人之间最初相识的礼貌、真挚和坦率，坐地起价搞一锤子买卖。逐渐地，也改变了他的性格言行。在外人看来，他是粗鲁蛮横的，总是用一些尖锐的话语应付着陌生人，以致背后时常传来这些人的不满与愤慨。他却满不在意地笑着摊摊手：冤有头，债有主，随他

们去吧，反正再也不见。

她清楚自己漂亮的脸庞、曼妙的身材是刚毕业大学生中最具优势的东西，对此她不禁有些小得意，女孩爱美是天生的。从学校到公司，这些东西并没有妨碍她成为一个知书达理、温柔礼貌的女孩。和她一起毕业的男孩们至今都忘不掉她这朵明亮纯洁的白莲花，她的真诚甚至让有妒忌心的女生们集体认可她：她不做作，因为她真的想帮助你，她不生气，也是真的不在意。她的情绪和想法印在心里写在脸上，让人觉得对她恶意揣测是一件羞愧的事。

他生来就尊重女人，与其说是尊重，不如说是害怕，他害怕女人，尤其是懂得利用自己容貌优势的女人。他觉得自己和其他男人最大的不同就是太知道自己有几斤几两了，所以常常沉默寡言。他喜欢哼赵雷那首小曲儿："我想过平常人的生活，欲望请放过脆弱的我。"倒像是内心的独白。作为一个自制力不强，芸芸众生里的普通人，尽管他对她暗自称赞，藏不住一抹欣赏之意，但却称不上好感，总感觉有片云雾未拨开自己的心绪。

这是他这个月第四次责骂她了，尽管是工作上不要紧的小事。虽然她心中满怀怨言，但很快又设身处地地站在他的角度思考，诚恳地向这位小领导道歉，逐渐用行动证明她是一个通人情、干实事，具有良好家教品德的上进女孩。她尊重和爱戴还不算熟悉的人，以求对方放下芥蒂与她坦诚交流，甚至满眼温柔地望着陌生人，眼里含着期待、包容与那无限的遐想……

足够长的时间让二人相识相知，渐渐地他们从同事成为朋友，他贪婪地享受在公司疲倦工作时的那缕温柔，如同沐浴在圣光中。她总是偷偷瞄一眼认真写文件的他，青涩的脸庞却带着成熟男人的刚毅和执着，果然认真的男孩使人着迷。

如果不是那日在中央大街他瞥见了那一幕，也许二人的人生终将交汇在一起，携手迈向未来的远方。他甚至觉得看错了人，不禁质疑世间居然有如此相似的两个人？怀着好奇，他小心翼翼地靠在电线杆上，竖着耳朵聆听着。

"我明明那么好！都是被你们给耽搁了！当初要不是你们舍不得那五万块钱，我会考不上研吗？我会整天像个傻子一样上下班，一个月都买不起一双高跟鞋吗？"

"小敏啊！爸妈当时也是糊涂了啊，知道你成绩好，可妈没想过……"

"好了别说了，你和我爸都是一个德行，人穷志短，两只井底之蛙。"

"妈知道错了，今天买了你最爱吃的排骨，乖，别生气啊！"

……

只见那位年迈的母亲拖着羸弱的身体，艰难地小跑追上前想拉住她的手，却被她不耐烦地振臂甩开。车水马龙的街道上，汽车的鸣笛声格外刺耳，过路的人都走了，只留下那位包着泪水，呆滞地站在斑马线上的老母亲。

他难以置信，怎么也想不明白这样一位姑娘与家人的关系竟然如此，其中粗鄙蛮横的言语更是与平时判若两人。可是为什么呢？他怎么也想不明白。

她是渐渐才喜欢上这个男孩的，她发现他那严肃刻板的身体中藏着一颗火热温和的心，对自己在乎的人是那么地贴心，甚至与同学打电话都轻声细语，泛着一丝清甜，而一有时间他就请假回家给他妈妈做饭，每次约他，他都会推辞着下次。同他去古街转悠时，对待商贩和陌生游客又俨然像为人间带来火种的斗士普罗米修斯，转身目视自己时又宛如偶像电影里的阳光弟弟。这让她生出一些自私骄傲的心态来，幸福地占有着属于自己的小天地。

"咚咚咚"，他忍不住敲了一下房门，倒像一种提醒，房间里的吵闹声立马安静了下来，紧接着防盗门打开，映出她妈妈通红强笑的老脸，不断地说着请进请进。他放下刚从超市买的水果和葡萄酒，偏过头瞧了瞧厨房里削土豆的她，温婉轻柔，娴静明亮，宛如一幅画卷。她爸爸立在圆桌后，干枯褶皱的大手不知所措地在空气中搓磨着，眼角有一抹泪痕未消逝。这一刻他被一种无形的情绪囚禁了，双眼空洞地盯着眼前数不尽的面具和皮囊，一圈一圈地将自己缠绕绞死。

他缓缓地挪着步子退出了房门，蹑步下了楼，疯一样地向外边跑去。

奔跑的时光（上）

火车快要开动时，我才急急忙忙拎着行李蹿进车厢。这是夏日里的午时，烈日笼罩着大地，我站在车厢连接处，如同微波炉里即将被烤熟的烧鸡，汗液将刘海儿黏成一团，白衬衫湿透得裸露出了小肚子。

"轰轰"的声响，火车穿过隧道，渐渐露出了绵延的山峦。我蹲在角落里，手中拿着列车站票，一股刺鼻的味道从硬座车厢飘过来，我揉了揉鼻子，沉默不语。

九岁那年我因肺病住进了这家医院的ICU。

只是没想到五年后又因腿伤来到外科病房。

"你是做什么造成的？"医生摘下眼镜，缓缓叹了口气。

"百米赛跑。"

医生用笔敲了敲桌上的X光片，沉了一口气说道："那你以后可能无法再跑这个了。"

　　我无比震惊地嚷着："医生！怎么可能？我现在好好的，你看，我能站起来，还能跳！"说完忍着剧痛抬起腿跳了两下，医生赶忙呵斥住我。

　　"你冷静一下，不要凭你的感觉，用仪器说话。你看看光片上，右髋关节骨裂，这么大一块裂缝，按这种情况，想要好起码得一年半载。我建议你以后也不要从事这项运动，有些人的体质并不适合。去吧，拿点儿膏药回家静养。"说完转过椅子背对着我，一副严酷无情的样子。

　　一次期末田径比赛上，年少轻狂的自己因为无法接受失败，拼了命去追逐当时从省少队退下来的队长。百米冲刺结束后，右腿轻飘飘的，使不上劲。去食堂的路上好多同学围过来问道："你的腿怎么了？怎么像瘸子走路。"

　　我气急败坏，以为他们又在嘲笑自己，愤怒地回应道："你们才是瘸子！"

　　晚自修时，坐在最后一排的我想起身交作业，当意识到自己用尽全身力气都抬不起右腿时，心中直发凉。悲伤、绝望使我茫然失措，待在座位，却不敢告诉任何人，担心老师会不准我继续练下去。

晚上回到寝室，洗完澡后，我踩着拖鞋跟跟跄跄地爬向上铺。因为腿脚不利索，我用手吊着右腿，艰难地把它往小梯子上拽。总算让右腿搭到了床沿上，准备振臂蹬腿翻进床上时，没想到身体已不受自己控制，搭在床沿上的右腿宛如一块橡皮，带着整个身体从上铺的床沿边直溜溜地掉落下来，重重地摔在地上，顿时，胸口和嘴里直泛甜。室友们听到巨大的声响，不约而同地转过头，顾不上穿鞋，赶忙拉我起身。

我倔强地丢开他们的手，推开一双双坚韧的臂膀，瘫坐在地上，竟然哭出声来。稚嫩的自己曾是那么要强，现在却像一个弱小无助的人，靠人家可怜，无论如何我都不能接受。

那一年喝中药成了家常便饭，如此也背上药罐子、瘸子的外号。好心的食堂阿姨帮我熬药，散发出的气味却常常弄得就餐的同学们苦不堪言。而我的每张床单都弥漫着一股浓烈的麝香味道，任由洗衣液冲洗也无法抹去。更让我难以接受的是，此时身边的人都在否定自己，连教练也认为我是一个废人，冷言冷语，不管不问。

年少的天真与偏执拯救了我，我并没有向现实低头。相反，为了保证体能与运动机能，我终日拖着腿在跑道上走着，小跑着，每天坚持十圈，风雨无阻。

那时候的我根本不会想到，这样做会使伤口康复缓慢，甚至永远无法痊愈，落下残疾。但我心头只有强烈的危机感：真休息一年半载的话，从此田径将与我无缘。

凭借着满腔热血与单纯的心灵，每一天跑完，我都像是在安慰自己：今天腿有感觉了，可以抬了，很好了！很快就要好了。

傍晚放学还佯装着一副开心的样子向操场走去，想让大家觉得我过得很快乐，训练并不辛苦。不愿意让同学可怜理解我，认为整日喝药的我是一个伤病患者。可到底是一厢情愿，在各种不解的眼光中，我始终是个没有出息的人。

记得腿骨真正好的那天，我发了疯似的在操场上奔跑着，大叫着。知道和感受到真正是两回事，我终于明白一个人能简简单单地奔跑，是一件多么幸福的事。

像是许多童话故事里写到的一样，破茧成蝶。我终于能够在跑道上独当一面，只是现实不仅如此，通往山巅的路途本就坎坷。幻想着这座小山头能一直让我往上走，站得更高，可来到山顶，迎接我的却只有断崖峭壁。

火车过道上，我小心翼翼地挪动着脚步，保护着泡好的方便面，正当我倚靠在车门前，挑起面条准备吃时，隔壁车厢走过来一位老婆婆，她撑着手杖，另一只手扶着墙，走进了本就拥挤的车厢口。只见她双耳通红，嘴唇泛白，呼吸急促，一个劲儿喘着大气，显然是受不了这种高温炙烤，乃至越咳越激烈，也越大声，像是把肺叶里的空气全部炸出来一般。突然间又停下来了，也许是前面的人将她堵住，也可能因为呼吸不畅，体力不支。

天正下着小雨，一位男生蹲在布满积水的塑胶跑道上，用手死死抵住胸口。

"教练……心脏好胀，出不了气，痛。"

"也许只是劳损，没有什么大碍，这周减少训练量就行了。"教练随性地回答着，信步走远了。

那是桃花盛开的季节，正值体考的备考阶段。为了弥补曾经的遗憾，应届考生的我还是向区体委报名参加了一年一度的重庆市中学生运动会。那时的我风华正茂，正处在运动能力的巅峰，离一级运动员也仅仅只有一步之遥。

三月春雨绵绵，跑动时嘴里吐出的热气覆在睫毛上，视线蒙眬了起来。摧残了六年的心肺此时渐渐暴露出它们的问题。在这个平常的周五，我完成了最后一组四百米计时。

不同以往的是，这次身体一反常态，左臂与胸腔那一片脏器像打了麻醉般没有了知觉，双手垂在空中无力驱使。渐渐地感受到胸腔带来的窒息感，我只得佝偻着身子，跪在地上抽搐。

箭在弦上不得不发，虽心有余悸却没往坏处想，也清楚知晓不时阵痛带来的隐患，但依旧我行我素。调养了一周后，我还是选择参加比赛。

2017年重庆市高中男子四百米决赛。

去年的今天我拿到季军，不甘的心让我为这一天又付出了一年。无数次梦想着自己站上最高领奖台，向所有人说，我来自江津区。

枪声响起，比赛开始。缺失一周系统训练并没有使我受到太大影响。处在第五道的我在第二个弯道来临时就已经紧逼第八道的选手。只见当时我的队友们以及全部观众都起身高喊，像是见到了什么世界奇观，这个穿血红色紧身衣的小个子，在被高个子统治的四百米赛场里，显得实在太刺眼了。

我第一个跑进最后的直道，终点已出现在视野里，此刻意外却发生了，一声剧烈的咳嗽之后，我变得难以呼吸。上肢不断地绷紧，胸闷缺氧的感觉越来越强烈，我的动作渐渐慢了下来，迈不开脚步，如同原地踏步。余光扫视着旁边的对手们，他们轻盈地将我超越。

此刻惶恐、焦急、不甘、绝望，这些情绪一下子涌上了心头，使我拼命地咬着牙齿鼓着腮帮子，像是与命运缠斗。可我知道，已经无力回天。最终以倒数第一的可怜身影，慢慢走过终点，倒在了地上。

趴在终点的赛后区许久，感觉心脏如同水泵，一会儿瘪掉，针扎般疼；一会儿又注满了水，阵阵胀痛。

裁判向我催促道："现在女子组都跑完了，你怎么还不走。"

我痛得说不出话，尴尬地朝着他摆了摆手。

那一刻我的脑海里浮现出一个人——刘翔，他用单腿跳完了一百一十米跨栏。我曾讥讽他因伤病退缩。我错了，现在我也像他那般，做着相同的动作，轻轻抚摸着那早已被钉鞋和跑动的力量箍变形的脚背，感受着身体的阵阵疼痛。此刻空气中散发着淡淡的悲凉。

"列车即将到站的是本次列车的终点站，成都东站。下车的旅客请收好行李，做好下车准备，祝您旅途愉快。"

我早早冲下火车，感受着月台上吹来的阵阵微风。下电梯时站在我后排的女生不断地聒噪着，和她妈妈争吵着。

"敏啊，你现在还太小了，不懂事，志愿不能填到哈尔滨，知道吗？"

"妈！你就让我去嘛！除了那儿，我哪里都不去。"

"不准！说什么都不行！"

我望了她们母女俩一眼，又转过头苦笑了一番，想起当初稚嫩的自己也如这般。

"不！我要去体考，我练了那么多年，妈，你相信我吧，我一定能考上名牌大学，我真的可以！求你了！"

"你敢！"母亲说完神色软了下来，一副悲痛的样子，呜咽道，"你爸爸去年车祸才走，现在你要是有个三长两短，就只剩下妈妈一个人了……"

知道我比赛出事后，母亲连夜驱车赶来，带我去医院检查，结果却查出急性心肌炎，医生再三嘱咐不能运动，否则会有生命危险。

母亲阴沉着脸，强压着怒火，低声道："再也不准去练体育了，复读一年安心学文化知识。"

我高声反对着，呐喊着……

体考前夕，我茶饭不思，整日忧心忡忡，但还是不甘心，将想法告诉母亲："我想去考试，我不想放弃，六年的努力啊，就这样付诸东流化为泡影吗？妈！你就帮我交报名费吧！"

"不准，想都别想，说什么都不行。"母亲毅然决然。

我再一次让母亲伤了心，背地里向同学和老师借钱，东拼西凑，受尽冷言冷语，勉强攒满三千块钱，夜里偷摸着离家出走，跑到公园长椅上裹着毛毯睡觉，只为等待早晨第一班客车去北碚。带上钉鞋、准考证、身体伤病的隐患、前途未来的压力，毅然决然地背水一战。

考场里，一切都让我感到敬畏。灰蒙蒙的天透不进一丝阳光，雨帘一层又一层，像网一样往跑道上穿着短衣短裤的考生刮去。世界安静了下来，只听见"啪啪"的脚步声，所有人的目光都汇聚在一起。

起跑抢道滑倒在地的女孩连滚带爬地起来追上去，转眼间又跑过一群横着腮帮子、做着狰狞表情的男生，他们踩起水花，泥浆扑打到脸上，溅在跑道外的看台上。

结束以后，女孩跪坐在垃圾桶前边哭边吐，魁梧强壮的男生们则蜷缩在雨棚下，冻得像一只只生病的小猫。终点线后又瘫下了一大片人，在大雨中躺着一动不动。

周围不断响起裁判们的催促声。

因为抢跑被罚下的女生一直跪在场地中央向裁判求情，淋得披头散发。无果，我目送着她拎着钉鞋，消失在无边的雨幕中。

印象最深的还是跳远场地里飞奔腾跃的男孩。他对自己实在太狠，技术要领忘得一干二净，只是将速度和力量汇聚到极限，明显超出身体所能承受的负荷，一下栽进沙坑，双膝插进了沙里，腰部弯折成一个惊险的弧度，一声痛苦的号叫响彻云霄。但他却条件反射般，害怕身体往后倒而影响成绩，硬生生地用手指扣住沙石，侧翻了两圈后，静悄悄地，一动不动，只能不停转着可怜的脑袋抽咽着，甚至被医院的担架队抬走时，还在拼命挣扎。

本以为自己千辛万苦来到这里是一件不容易的事，却发觉每位体育生都有着顽强拼搏的毅力，自己倒显得自以为是。作为体育生，仔细一想，最多也只能算称职。

　　我人生中最后一个四百米跑得很出色，堪称有史以来我们区最快速度。教练却满脸愁容唉声叹气："风子，你真是疯子啊，你真不怕死吗？你要有个三长两短我怎么跟学校交代，怎么跟你妈交代！"

　　"对不起，老师，我也想留余力保护自己。但你曾说过，任何伤病都不是一个运动员逃避和懈怠的理由，因为这会成为我一辈子的遗憾。

　　"我也怕死，但我只想证明自己。他们这般精神深深感染了我——要么不要站上跑道，站上跑道就不要想着伤病，不要想着输。

　　"最后就算输了，也能大声地吼道：'至少我试过了！'"

秋

酸

时间之外的往事

陈绪良是我父亲的养父，从我记事起他就孤苦伶仃一人生活。关于他的家庭，我知道，世代务农，而后的时间里，从父亲的口中得知这家人上阵父子兵，在那个战火燃烧的岁月里，舍下一家老小奋勇从军，义无反顾地奔赴前线。

妻女病弱生活不能自理，抚恤金微薄，她们用尽除了乞讨之外的所有方式苟活着，喝着糟糠、玉米糊糊与只有几粒米的粥，严重时还啃过树皮充饥。

年幼的陈绪良是家里唯一的孩子，为了这个"种"不挨饿，她们心甘情愿吃糠喝粥；为了这个"种"不受冻，她们用房间里仅剩的衣布为他做衣服。她们活着不只是为了活着，家族血脉需要延续，这是唯一的希望。当然，也来自仇恨。她们教育他："日本人都不是好东西，不准买日本的东西，不准娶日本媳妇！"陈绪良义正词严地反驳着："为什么呀，日本人也有好的。""好什么好，他要是好，他会当日本人？"

以前我很疑惑，曾问过父亲："为什么你的兄长都叫你银轮。你不是叫正立吗，不是姓陈吗？"父亲立马给我一巴掌，我哭得五官都扭曲了。奶奶偷偷告诉我："当时家里实在太困难，根本养不起，就把他卖给了邻村你舅公。你舅公半辈子也没讨到媳妇，有些积蓄但舍不得用，最后就把你爸抱过去了。"

　　父亲生前时我曾与他开过一次玩笑："爸，要是我以后不想结婚怎么办，或者喜欢男的怎么办。"父亲当即翻脸，勃然大怒："放屁，你敢，你要是这样，那这个家你就不要回来了。"吓得我说不出来话。母亲轻声安慰道："你爸爸那个年代的人哪，思想不一样，那时候的生活就是生存，不会理解你口中说的爱情，在他们眼里，没有比吃饱饭更重要的事情了。"

　　母亲说完顿了顿，有些难以启齿地继续讲诉下去：

"二十世纪六十年代里一个很平常的春天，本该是喜庆的时节，家家户户却闭户绝烟。这一年撑死的人比饿死的人多得多。乡镇内外所有能吃的东西都被吃光了，树叶、树皮、草根，乃至一种叫观音土的白泥。

"当时为了这些白泥，邻居心甘情愿往返几十里地，然后一家人把白泥和野菜揉成团子煮熟，像吃窝窝头一样咽下去。那位母亲还安慰孩子：'吃吧吃吧，撑死总比饿死强，饿死鬼在阴间最没地位。'撑死的人骨瘦如柴，肚皮涨得却像一个透明的气球，能看见里边的绿肠子，在灿烂的阳光下蠕动。

"有了前车之鉴，咱家不敢再吃，但青杨绿柳芳草地早已不复存在，人活着总要填饱肚子。咱娘家当时家境稍好，父母给一坨盐巴掖着，没事就舔一舔。像你祖父这样的穷孩子，只得去垃圾站捡垃圾，去煤炭厂偷煤。煤偷来干吗呢？吃。你祖父说过：'无烟煤又黑又亮，嘎嘣嘎嘣，磕芝麻糖似的，越嚼越香。'"

记得父亲曾骂我不把饭吃干净，就拿他自己打比方：吃不起饭，偷人家西瓜，一家人关上门分完西瓜再把西瓜皮炒来吃。后来我上大学时被摸包贼偷了二十块钱，惨淡得连馍馍都吃不起，这时候才知道要节约粮食。

"孩子，你可能也见过那些工厂里的大男人，他们为了工作在人前兢兢业业，人后也会偷着抹眼泪。但是你却不明白，为什么生活的苦可以压得男人像女人，女人像汉子。以后也别问任何人关于这个时代的问题，那些长辈都是活下来的人，那是不是死者就没有发言权？"

一个秋收的季节，我跟随父亲回乡里。烈日炎炎，山路曲折，一连几个小时颠簸前行，烤得脚底发烫。

父亲回来后，奶奶急急忙忙拄着拐杖蹒跚着出门，托人到田里将兄长们叫回来。过了好几个时辰才见到几个佝偻的男人，他们的脸庞布满层层皱褶，干枯如树皮，黝黑的肤色与房屋里暗淡的光线融为一体，他们憨笑着露出一嘴烟熏黄牙，双手紧紧地捏着父亲，激动得不成样子。你猜他们怎么打招呼？

"吃饭了吗？"

"吃饱了。"

后来我才明白，为什么父亲生下来就没见过他爸爸。

多亏党有好政策，每家每户都分到了田地。农民有了自己的地是值得庆祝的事，只是出于一些情况，父亲家分到的田地在二十多公里外的一处荒山脚下，方圆五公里连能灌溉的河流都没有一条。

我祖父，那时的一家之主，每天清晨带着口粮，快到午时方才来到属于自己的几亩地里。身强力壮时尚能一日一归，后来那片荒山渐渐有了人耕作，相互之间也算有了照应，加之祖父身子不如从前，慢慢变成了三日一归，最后演变成一周才回家一次。再到最后，干脆就在田垄上筑了一个小棚子，铺上草席，盖上棉絮，和山丘田埂作伴，与星空朝霞为邻。

后来，祖父在一个安静的夜晚悄无声息地离去了。家人再次见到他时，他的身子早已腐烂掉，家人这才急急忙忙盖上棺材板，草率地办理了后事。

那天晚上父亲给我道歉，他说："人活着不能那么自私。你的脚下是祖辈们耕耘过的土地，某种形式上，你并不是你，而我也不能代表自己。我希望你活在最美好的时代里，不应该总有怨言。"

而在当时，我的脑海里浮现出一幅幅画面：父亲磕头求陈绪良供他上学的样子；放学后父亲割草生火、砍柴担粪的样子；初中时父亲衣着单薄，却依旧奋笔疾书的样子；高考结束后父亲拖着蛇皮口袋落寞归乡的样子；大学毕业父亲成为一名中学教师，荡气回肠的样子……

黄昏，田埂上的父亲斗笠黄衫，斜阳将他的身形融进了另一片黑暗。父亲嘴里含着一根稻草，扛着锄头背着竹篾，无声地行走着。

秋风吹起麦浪掠过身体，带来一丝凉爽，父亲停下脚步，凝视着前面的山岗。

西湖细节

沈复的《浮生六记》文笔雅致，却偏偏只流传四卷，两卷已佚，不免遗憾。

沈复是一个实干家，他的风雅绝对不是附庸。

在遗存的《浪游记快》一卷中，他写道"余游幕三十年来，天下所未到者，蜀中、黔中与滇南耳"，这口气稍带一点狂妄。

长记曾携手处，千树压西湖寒碧。

这般的沈复，也惊艳西湖于杭州之全貌，"觉西湖如镜，杭城如丸，钱塘江如带，极目可数百里。此生平第一大观也"。

沈复之外，还有吴敬梓。

"这西湖乃是天下第一个真山真水的景致。且不说那灵隐的幽深，天竺的清雅，只这出了钱塘门，过圣因寺，上了苏堤，中间是金沙港，转过去就望见雷峰塔；到了净慈寺，有十多里路，真乃五步一楼，十步一阁。一处是金粉楼台，一处是竹篱茅舍，一处是桃柳争妍，一处是桑麻遍野。那些卖酒的青帘高飏，卖茶的红炭满炉，士女游人，络绎不绝，真不数'三十六家花酒店，七十二座管弦楼'。"

《儒林外史》整本书，处处是辛辣的讽刺。三次名仕盛会提纲挈领，针砭时弊，看客正大呼过瘾，但吴敬梓却笔锋一转，对两个地方的喜爱溢出纸墨。

一个是南京，一个便是这西湖。

由此可观西湖的妙处，世人为其穷尽雕琢。

不能畅游，也算得快游，夜阑人静，记微末之处。

灵　隐

灵隐的钟声在清晨回荡，凝神细细辨别方位，似乎自北高峰传来。声音如雾气般渺茫，听不真切。

四下里转转，有家旅社院子的墙角种有白萝卜，觉得亲近可爱。汪曾祺在散文中写他吃过的萝卜有很多种，他认为"萝卜原产中国，所以中国的为最好"，我深以为然。

　　远远地，一只中华田园犬朝我嘟囔几声之后，自觉责任已尽，识趣地把嘴搁在爪子上长长地呜咽一声，像是学人叹了口气，一派闲适，更觉亲近可喜。看它全身乌黑的皮毛笼罩在曦光中，可不就是老舍写的《狗之晨》。我认为，在隐逸之处养狗，中国的田园犬为最好。

九曲十八涧

　　稍稍修葺，山花零落，多杂树野草，自有一番野趣。

　　薄薄的溪流带来淙淙的水声，添一份清透的凉意。

　　三棵高大的树笔直地长在溪流旁边，树的长相、品格与旁树相较，突兀出众。似乎是杉树，树皮光滑，树树相扶，紧密相依。

　　树根遒劲，露出土面，刚好容一人斜卧。周围等待照相的有两种人，第一种是

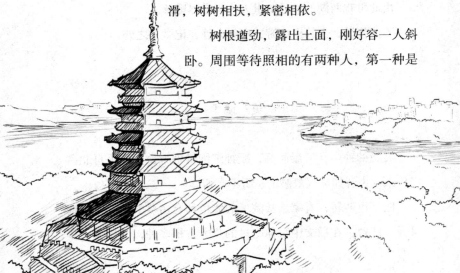

专程来拍照的：有新婚宴尔的夫妻，穿着洛丽塔衣饰的甜美女生，系着汉服的古意少女。第二种则多是临时起意的游人。密林深处，清水环绕，良辰美景，奈何拍照需要排队，让人忍俊不禁。

杨梅岭

杨梅岭更像是一个小镇，坐落在两山之间。小小巧巧，依山而建，格局错落而精巧。

沿路往上，视野开阔处可观杨梅岭之大概。

在杨梅岭没有看到杨梅，远眺所及都是金桂。雨后宜赏桂花，这杨梅岭天朗气清，正是赏花时。赏桂花应配蟹和一点

儿黄酒，时机最好是明月当空的中秋，若来一缕清风，一曲笛音，此生快事。

一碗清淡的莼菜汤也应景。

时间在这里显得闲适。

"青绿为上品，土黄为次品。"

来两杯龙井，敬一位好友。

花香馥郁。

茶味甘甜。

远处青黛微微起伏。

风沿着山体回旋，风把落叶吹远又吹近，像河中的桃花水母，半明半暗。蒲公英的眷念让人喜悦。时间的轮回突然有了痕迹。

端着第三泡的茶水，一边喝一边走，感受杨梅岭所带来的童年味道。

在这里做一刻的烟火神仙。

杂 忆

夕阳给雷峰塔带来了闪耀的琉璃瓦。

受台风"康妮"影响，黄昏时刮大风，杨柳依依，有节律地拂动。

风吹走了云，意外地，当晚天空的星星多而明亮。

告别的话永远说不出口。

当我成为外卖小哥

炙热的中午，大地一片滚烫，街上的灰尘浓雾似的凝滞不动。时不时卷起一股热浪，如同烘干机散出的干燥空气，让人难以呼吸。

此时躺在凉飕飕的空调房里点一份爱吃的外卖，更是舒服得喜上眉梢。漫长的等待令我不时地查看配送的定位，寻求一丝心理安慰。终于，等来了外卖小哥的送餐电话："车撞翻了，不小心将餐盒弄洒了，要倒回去重新煮一份。"听到第一句话心里便有些郁闷，但我赶紧叫住他："不用重做，这面还能不能吃？"

"汤打翻了，只有面了，吃倒是能吃。"

"那就送过来，我干拌着吃。"

不久后又是一个电话，我有些不耐烦，原来是叫下楼取餐，我心里嘀咕着：又嫌弃咱们小区门禁麻烦不愿送进来。但这天这么热，于是带着一丝央求的口吻询问道："大哥您就送

上来一下嘛，给您好评！"

　　"不是，我刚不小心撞车了，现在腿脚有些不方便。"

　　听他说完这番话，我叹了口气，只好下楼去取。

　　见到这幕情景时我无比惊讶和心疼：他撩起泛白的牛仔裤，用纸巾擦拭着血流不止的膝盖，血像一条条小溪一样流淌在他的小腿上，流进了鞋袜里。我急切地冲了上去，想让他快去医院就诊。他见我过来，嘴角还挂着职业微笑，小心翼翼地将餐盒递给我，带着歉意地说了声："真的对不起，汤打翻了，但还是祝您用餐愉快。"

　　我担忧地问道："你伤得这么重，怎么不直接往医院开啊？"

　　"没办法呐！还不是怕给差评，许多顾客可不愿意听借口。"

　　我幽幽地默认了，随后目送着他摇摇晃晃地骑着电动车去医院。

　　端着满是红油、脏兮兮的餐盒上楼，我想起了高中毕业时兼职送外卖的同学，他本是一个魁梧彪悍的体育生，有次见到他腿上绑着厚厚的石膏，也是这副凄惨模样。他央求我帮他将本月的单子送完，只剩下不到十天了。

　　"我没干过，我不行的。"

　　"你看一遍就学会了，而且你对江津街头巷尾那么熟悉，除了你能帮我，我都想不到还有谁。"

　　看着他那可怜模样，我于心不忍，不想因拒绝，对他心灵造成二次伤害，只好硬着头皮骑上电动车，戴上袋鼠头盔，成为一名外卖小哥。

　　开始接触外卖员工作后，我越发觉得这个行业受到的社会包容有些过了，骑快车没人指责，汤打翻了没关系。有一个住在金桥港湾的女孩，每次点外卖都会给骑手点一杯水，没有例外，哪怕是十多块钱的奶茶都要给骑手另点一杯，就算那家店实在没有水卖，她都会备注不好意思骑手辛苦了之类的话。

　　直到一个中午我接到一个送蛋糕的单子，店家递给我时，我也没注意蛋糕长啥样，提着包就走了。虽然那个地址有些偏僻，但也没超时，那位女顾客中途一直打电话催，听她语气就是那种典型的泼妇。果真，送到之后，她第一句话就是："你唧个楞个慢，送给老子吃晚饭吗？"我顿时有些生气，把手机举起来说："我并没有超时！"旁边一位女孩对我说了声谢谢，女顾客没吱声，我便走了。

　　刚出小区不久，电话又来了，说是蛋糕坏了。我只好倒回去，一看，就外层有点略微塌陷，我有些纳闷：你是吃蛋糕还是吃艺术品？但是怕她投诉我，毕竟一个投诉五百块，只好拿回蛋糕店重新换。转念一想，别人买了蛋糕也有权利要求外表完整，于是我便花了三十块给她买了一块蛋糕赔她，但让我不能接受的是，她的蛋糕通过首单优惠加上各种各样的红包，一共只花了几块钱。

当天晚上的最后一单是一大捆烧烤，待我取餐时，发现餐被另外一个骑手拿错了，我匆忙联系对方。等拿回我的餐，我发现里面全是打翻的油汤，只好拿回店里重新包装，期间一直打电话跟顾客解释，但后来耽搁的时间实在太久，顾客就说不要了。这差点没把我吓坏，心想这三百多的单子你若不要，我岂不是完蛋了？又不断回电话疯狂道歉。

总算是送到了，但顾客说东西被人打开过，本是要给孩子吃的，现在不卫生了。不一会儿客服打来电话询问怎么回事，当时我以为自己被投诉了，便问："我是不是被投诉了？"客服回复："没有，需要您和顾客协商解决问题。"后来拿错餐的骑手前来助我，两人合作又是一顿赔礼道歉，顾客才同意我们回去重新烤一份，顺便还得把这份他不要的烧烤吃掉。

当天回到家里，我这才明白过来，这种工作就算给你一万块钱又能怎样。想要一万的工资，除了要放下脾气，唯唯诺诺，不犯一丁点儿错，更要每天早上七点半准时出工，送到一点回家吃饭，吃完午饭，顶着烈日继续接着跑，跑到凌晨两点，这还必须是暑假这样的旺季。这样下来身体能顶多久？也难怪干满一年的都算是资历老。暑期大量招工，淡季时又养不起这么多人，只能降低待遇，以一些苛刻的规定去压榨剥削，超时险就是其一，倘若受不了就只得走人，入了平台的陷阱。

外卖生涯结束后，我便只会点那些我信得过的商家，因为据我观察，至少有一半都是不干净的小作坊，有的甚至没有门面，专门做外卖。像黄焖鸡米饭、日式拉面这些连锁店，虽然名字不一样，但是做的东西相差无几，用的都是相同的配方，相同的原料。但是到了商贩手里，他们租不起门店，雇不起员工，只能在黑不溜秋的小房间里亲手做，甚至隔壁便是厕所，屋里全是苍蝇。但就是这样的小商家，他们的销量却占到了外卖商家的一半，每月能接下成百上千单。

有一家黄焖鸡米饭，隔壁便是公共厕所，屋里满地都是食材，桌上全是打好的订单。旁边那些苍蝇馆子也都是做外卖的，我第一次去都震惊了，好多骑手进进出出，我更是亲眼见到一家粥铺，当时里面有几个女快递员不停尖叫，好像吓坏了，说有什么东西掉进粥桶里了，然后男店员用大勺捞出来一个黑乎乎的东西（大老鼠）丢进垃圾桶，那桶粥还接着卖。我取了餐，送往一个环江的高档别墅区，不禁在电瓶车上感叹："原来有钱人也未必吃得比我好呀……"

长这么大第一次被人恶心到，还是因为那群偷餐的贼，每次遇到我都会咬牙切齿，恨不得把他们扭送到派出所。偷餐的方式五花八门，刷新我的三观。一次去商业街取餐，对方不让骑手从正门进，只能从后门上三楼专门取餐的位置。那儿摆满了外卖单子，里面有专人一车一车地往外送餐盒，骑手按照单号取走自己的餐，也没人监督。我当时的单号是二十几号，结果等了半天五十号都出餐了。只好问送餐的人,他回答早就出了。我这才知道被人拿走了,灰心丧气,白等半天。

有些"飞贼"更是胆大包天,趁着骑手上楼送餐时,把外卖箱打开,全部抱走,甚至还敢把车一块儿偷掉。

更是遇到过一件诡异的事,至今想不明白。有天晚上我接到一个便利店的单子,按照导航走到头,结果找不到顾客,只好打电话,当时我所在的地方是李先生牛肉面,那是一条小街道,商家接了电话说顾客就在李先生牛肉面对门,可我怎么找也找不到。我见对面有一片黑灯瞎火的小区,预计对方会在里头,就回答他,我再找找吧,对方瞬间就把电话给挂了。

靠着电瓶车光亮进了小区,我才终于找到地方,但便利店里面没人,灯还亮着,收银台后面有个小木门,里面一直传出类似于老鼠在啃纸箱的声音,我以为是店员在收拾东西,便朝里头喊了几声,没人应,我只好给顾客打电话:

"我到了,但是没人。"

"我就在店门口等你啊!"

"我也在店里,可门口没有人。"

他说他就在门口,一直不断重复这句话。我又去门口周围看了看,直到转到小区门口也没有。他给我形容的地点和我现在的位置一模一样。渐渐夜色浓厚,车灯已化不开,周围越发阴森可怖,被黑暗笼罩的我直冒凉气,身后若有若无的脚步声更是让我头皮发麻,只得将外卖盒放在门口,敛气屏息,胆战心惊。几乎在同时,对面的李先生牛肉面突然关灯了,我赶紧跨上电瓶车,油门拧到底,疯一样地逃跑了。

工期合同结束那天，地图将我带偏十几公里，我在雍山郡的山里绕得心态爆炸，餐盒送到顾客手里已经超时四十多分钟，对方破口大骂，大热天的什么污言秽语都炸出来了，我委屈得一个劲儿说着对不起，差点儿没给他跪下来，但他依旧给了我一个投诉。这意味着十天的工作白忙活了，我心如刀绞，万念俱灰。祸不单行，回来的路上，车还没电了，离家近二十公里，我只能一路推着车在烈日下行走。生存在钢筋混凝土浇筑的城市森林里，一个大男孩在世态炎凉面前哭得眼泪哗啦，被炙热的阳光烘烤着，脸上留下了一道道泪痕。

　　遇见好心的行人关切问候时，戴着袋鼠头盔的我终于学会辛酸劳作的父母回到家中对自己轻描淡写的那般，努力地挤出笑容回应着："今天路上的风沙，的确格外大……"

奔跑的时光（中）

　　在体考时休息的客栈里，每天我都能瞅见一群骨瘦如柴、面庞黝黑的同龄人进出楼道。让我惊奇的并不是他们列成方阵行走，从而显示出的那种凝聚力，而是这群明显营养不良的学生竟会让人感受到一股令人心悸的张力，这让我不得不正襟危坐，将他们视为强悍的竞争对手。

　　一次偶然的机会，我得以认识他们。在跑完八百米的更衣换鞋区，这几个人带着爽朗的笑容向我打了个哈哈。原来是前一组的考生，趁着空闲，颇有兴致地观看我们跑。我调侃了两句："想不到你那么矮，居然还是领跑。"

　　"那还不是咱学校体育水平拉胯，什么人都能上来。"

　　"兄弟实在太谦虚了，是跑什么专项的呢？"

　　"你看我这身材也能猜个十之七八，自然会选择苦命生的救命稻草。"

　　"四百米可不容易啊……你这么矮，得吃多少苦才行……"

这支队伍从巫溪来到这里，坐了整整十二个小时的大巴车，要知道，去往成都也不过区区五个小时车程。巫溪，在许多重庆人眼中，就是一句"穷山恶水出刁民"的讥讽和嘲笑。因为它太过偏远，在历史的长河里更是常常扮演穷困潦倒的角色。

小县城里有一所普普通通的高中。学校很小，小得他们笑称，能用足球一个抽射踢穿学校，学校很穷，仅有一个二百五十平方米的炭砂操场。学校的生源也很糟糕，一个年级仅有两个班，而这些孩子的爸妈几乎都是农民，甚至无业游民，没有钱，更没有什么文化。记得是去年，这个学校拉过一次横幅，一位教师的儿子通过体考，成了学校有史以来走出去的第一个本科生。

从那以后学校便很关照他们。有次训练，一位老师碰巧路过，拉着他的孩子，在操场的围栏边用手指画着跑道上的人，对他几岁的孩子说着闲言碎语："你以后不好好读书就像他们一样下苦力、没出息。"几位男生听到后，通红的眼眶包着泪水，在跑道上咆哮着，用冲刺来获得发泄，后来学校知道了这件事，在升旗仪式下狠狠地将那位老师通报批评了一番，校领导们用尽所能，提供人力物力，供一批又一批的体育生实现梦想。

每当他们说起那位本科生时，眼中都带着淡淡的沉思和钦佩，并向我解释着说，他根本没有沾到他父亲的光，一切都是凭自身的努力。他父亲对他尤其严厉，常常是单独训练，不与大家同行。他的个子挺高，身材结实，是一块练体育的好料。到了快选田径专项的时候，他父亲决定给他选跳远，开始一下子就能飞到六米八，经过不科学的训练，却越练越差，降到了六米二。被迫改专项，跳高，开始也能跳一米八五，同样的，滑到了一米八。又改，改两百，速度也一直上不去，只得改到四百，练了几周，还是只能跑五十四秒。

还有一个半月就体考，他父亲急了，花了很多钱，托关系到市里的体工队请了一个老头一对一训练。那老头来时满脸不情愿，整日冷言冷语，将双手插在裤兜里吸着烟指挥他。看他累得趴在地上，上去就是一脚踹屁股上。"跑，现在马上，给老子跑，就你这样子还想考大学？"

这群师弟在操场这头总能看见他在拼命地奔跑，一会儿又去外边的杂草堆里吐，不禁叹气可怜他："真惨啊，就没见他休息过，那个教练动不动就打他。看他那脸啊，跟山里的老树皮一样。脸色苍白得腮帮子都看得见，黄种人都要被练成白种人了。"

有天晚上他说："我可能有些神叨叨，但这样下去我会患抑郁症的。日复一日的训练，没人跟我说过话。休息时坐在那静静地吹风，发一会儿呆，然后起身接着跑，可我跑得好疼啊，脚总是被

钉鞋打出水泡，全是血，袜子只得穿一双丢一双，洗也洗不干净，每天除了跑还是跑，回家倒头就睡，早上起来洗澡都能洗睡着。"

有一次他精神崩溃了，躲在被窝里睡觉。他父亲和教练找遍了全校，最后发现在寝室的床上。怎么拉都拉不开，只得将他抬起来扔到操场上，他爬起来哭着喊："我不考大学了，我以后去端盘子，我真的不跑了啊，求求你们了……"

可最后他还是撑过来了，这群师弟都很佩服他，他的毅力真是不言而喻，只得用成绩来形容。体考时，四百米他跑到了五十一秒整，专业满分。或许五十一秒算不得出类拔萃，但是，一个半月能从五十四秒到五十一秒，如果我没亲耳听说过，无论如何都不会相信，因为这近乎不可能，还不到一个训练周期。按理说他只能提高一次成绩，外加调整，所以这是一个什么概念呢，曾经我从五十四秒到五十三秒耗时半年，五十三秒到五十二秒花掉一年，五十二秒到五十一秒用了一年加两次寒暑假集训。而他只用了一个半月。最后他的总分是九十八分，全县历史以来最高分，考进了西南大学，考完那一刻，这个大男孩飞快地拖下钉鞋，"砰"的一声把它扣进了垃圾桶，两行热泪就下来了，自言自语道，我不用再跑步了。

只是励志故事背后的他们，也全都成了那些凋零的落叶。

那位考篮球的傻高个，我亲眼见过他训练，像一台人形投篮机器，令人很震撼，也不知道他用了多少时间练。他的基础素质很好，按理说上个不错的大学已是板上钉钉的事。考专项那天，我们特意去候考，只见他进去时，右手一直剧烈颤抖，用左手捏都压不住，端着红牛饮料，饮料都飞溅出来。我心里默念，这样还怎么考。出考场时他边走边擦眼泪，我知道，他太想了，太渴望了，可现实只能让他读个专科。我也知道，他没有钱复读了，这几个学生都是教练借钱给他们去考，父母更是不允许，只想让他们早点辍学回家，帮忙做农活。

其余便都是跑四百米的男生，教练对他们有知遇之恩，更是借钱让他们来到这里参考，比起父母而言，他们更愿意听从教练的一字一语。他们很听话，为了给教练省钱，吃完饭便乖乖地回寝室静坐，没有手机也没有供消遣的事物，一直呆呆地坐在床上节省体力，只为等待考试项目到来。因为考试有时会下雨，明明最该保护的是自己，他们却用省下的钱给教练买雨衣和鞋子。

听教练讲述，其实他们比那位考上西南大学的学长还强上一点，只是没有任何比赛经历，心理素质不好，内心更是自卑，可一站上跑道，整个人的气质就变了，透露着一种果敢和坚定，这也是他们能练到这个成绩的原因。

可命运是个戏剧大师，秩序册上，全县最优秀的七个人被分到了一组。本是缺乏经验的愣头青，更是只知道努力的莽夫。枪声一响，一道追逐着二道，二道紧跟着三道，起跑后就如同百米冲刺一般。当时的情景就像是一群脱缰的野马，不顾一切地向前，超越。

看到这里，我就知道了结局，心中直发凉，祈祷着会有超越极限的奇迹发生。终于，到了最后五十米，拼到最后，他们全部脱力了，咬着牙，撕心裂肺地吼叫，像是在与身体，与命运抗争。无法想象，对他们来说这意味着什么。最后这段距离，他们基本上都是走过去的。

站在看台上的教练泪流满面，将头埋在秒表上抽噎着，一切都完了。他是一位新老师，摒弃落后的训练模式，带来了现代田径理论和方法，可处处受到那些老一辈老师的排挤和针对。他向上举荐自己，把这一届的田径队交给他，他特别想用能力证明自己，可是，这个梦碎了，他终日操心的，全心全力付出心血的田径队全军覆没，他不知道自己该何去何从。

离开考场准备乘车回家时，背着行李的他们，不约而同地转过头看了一眼红得刺眼的橡胶跑道，带着懊悔、悲伤与不甘和理想说一声再见。我目送着他们，我只是他们人生里的匆匆过客，也许等他们回家务农，往后的岁月里，便很快将我忘却了吧。

当一个人成功时，所有的目光聚焦于此，于是他成了一段励志故事。

而更多的人，成了那段励志故事的陪衬。

于是便没有什么励志故事。

丽江散记

很多年前，痴迷于沈从文先生的文字，对他笔下的湘西好奇无比，盼望着去游一游那个小镇——凤凰。从关于小镇的延伸阅读中又知道了丽江，之后恰好遇见那部《一米阳光》，剧中将丽江塑造得柔软、清闲。于是，恰好在那段时间渴望寻一个避世之处的我，一下子有了两个美好的目标。

也许是从文先生的文字太美，喜欢幻想的我早已通过他老人家的书在脑海里构造出一个凤凰，而当现实中有几次机会可以亲身前往时，我却止步了。给自己的解释是，害怕现实的改变打破心中的美好。

那段时间被《一米阳光》打动而想去丽江的朋友也不少，交流中他们鼓动着我，甚至那时候很喜欢的许巍也专门写了关于丽江的歌，加之想到毕竟那么多的影像是看得见的，与想象中差别不会大，于是满心欢喜地收拾好背包，准备前去。

好事总是多磨吧，一切就绪时，忽生一场大病，卧倒在

床，计划泡汤。随之而来那个用了多年的手机也不小心遗失，在整个暑假卧倒在床上打点滴的同时，也失去一大帮同学和朋友的联系方式，很多人从此散落天涯，音信茫茫。情绪极度低落。第二年假期，再次上路，结果走到半途，因别的人事，此行不遂。此一别转眼三五年，当丽江这个名字在心中已淡得像失散多年的暗恋者一般的时候，又突然对自己说，去吧，总该去一次的。

当飞机穿过厚密的云层，降落到这块群山围绕的小平原时，我的心跳不断加速，梦中想象过千百回的、从未相见却似久别重逢的土地，终于踏上了。小面包车将我们带离机场，直往大研古城。沿途一阵雨一阵晴，厚密、硕大的云朵千姿百态地缓慢飘浮，空气中弥漫着凉意与清新，路旁的野草，骑马的人，散放的牛，都在告诉着我：你在高原。

是的，地理与历史常识也在告诉我，我正随着车轮穿行在云贵高原的西端，几十公里外的目的地，曾经是彩云之南的繁华之地，茶马古道的大中转站。若有体力与不惧艰险的念头，甚至可以从这里沿着古道翻过雪山、跨过草原，如同那些伟大的朝圣者，用上一个月时间走到拉萨。

丽江向来不缺游客，尤其在近些年旅游狂潮漫卷的背景下。中午时抵达古城，这里早已是人流熙攘，摩肩接踵。福建人、浙江人开的小店里贩卖着各类饰品，小吃店铺占据了街上大部分门面，叫卖声、还价声充塞着本就不宽的街道。比比皆是的大小淘碟店，放出的音乐也大同小异。

但忽略它们，走在不平整的青石板路上，四处望去，古旧的、翻修过的木结构建筑，处处彰显出匠心；穿城而过的小河柔波汩汩，粼粼闪烁；天空高远湛蓝；而人潮汹涌的街上，偶尔一阵清风自柳叶间掠过，竟感觉清爽无比。于是，走走停停，东张西望，人也就放松下来，多日来的忙碌与疲乏都随风消解。累了，随意坐在一块路边石上，看着各路导游带着完成任务似的游客们急促前行的模样，不禁有些庆幸——幸好没跟团来这里！

在小餐馆吃过一些腊排骨、野生菌，穿过四方街，登上狮子山，松林清幽，万古楼顶，俯瞰鳞次栉比的大研古城，遥望云遮雾绕的玉龙雪山，胸怀阔大，此乐何极！在此地流连，不

忍去也。谁知可流连处竟如此之多。

是日，于黄昏时分在古城中寻了一歇息处。客栈古朴，花树别致，前接幽巷，背临小河。夜游归来，不忍就此睡去，开窗凝望空城良久后，依旧选择在古城游荡，贪婪地享受着这里的恬静，时间在这里失去概念。白日渐去，暮霭起时，钻进一家安静唱歌的小酒吧，两人并坐，任那位满脸沧桑的本地歌手用舒缓的歌喉将我们带向深夜。

翌日奔赴拉市海。建筑和人烟稀少的地方，水更清、天更蓝、空气也更通透，当然，高原阳光也更灼人。但一切很好，舟行水上，天高地阔，切肤的宁静让紧缩的身心舒展、迷失。忽然想起好些年前，随口乱编的一首拙诗：轻舟渐入缥缈间，斜晖脉脉水绵延。更赏佳人凝眸处，夜风澹澹未绝寒。虽时辰不符，意境却有些相似。

弃舟上马，在驯良的马背上颠簸着，穿越曾经的一小段茶马古道。高山密林、烈日清风，却也优哉游哉。自在的马背生涯丰富而又短暂，歇脚处喝一壶茶，吃一顿马帮饭。走不到拉萨，更走不到印度与尼泊尔。束河就在不远处，玉龙雪山又近了一些，却仍不可触及。

走在束河的街道上，似乎比在大研古城更为令人心静，这是很多人的同感。定居此地的外来人很多，闲云野鹤，萍水之逢，聊几句天南海北的人文风物，也是乐事一桩。

快活不知时日过。再缓慢的时间也在流逝，归期渐近，不舍之情难以言说。因为难得，所以珍惜。寄身于滇边小镇的这寥寥数日，在不知长短的一生中也算是个闪亮的瞬间。

长城路

以前交通不便，长城路是江津进城出城的必经之路。而长城路城口段的酒吧、KTV、星级酒店是那时江津为数不多的现代化事物，让江津人引以为傲。

沿着这条路往城里走去，荒凉贫困的老城与光鲜亮丽的新

城形成强烈反差。

时过境迁，如今老城依旧保留了那些老建筑，也并未拓宽路面，灯光依旧昏暗，道路仍是破碎，夜晚下雨时，雨声淅淅沥沥地敲打着路面，平添了一丝潦倒意味。

为了躲雨，我走在街道两侧，闪避着那些凹凸不平的地砖，突然被一双手拉进陌生的店里，还未来得及环顾四周，两位女郎就向我挤了过来，于是就听到一声妩媚的"帅哥，进来耍哈嘛"，源于本能，我赶忙站起身来，头也不回地跑了。

早在我小时候就听过种种传闻，这里开的许多洗发店、按摩店其实都是不良场所，半夜三更才将霓虹招牌立在门前。

江津的部队守卫在长城路，老一辈人喜欢在部队门口两侧的烤鱼店大声划拳喝酒，而街道上经常会有不良少年们群逐斗殴，刀刃器具零零散散地掉在垃圾堆里。住在两旁的居民终日无声无息地行走着，沉默着忙着自己的事，人情味变得很淡，仿佛这里的人停下了争吵，停止了思考。

一辆匆忙赶路的自行车掠过部队门口的减速带，停在它前面的轿车突然打开了车门，就这样，连人带车一同撞飞，车轱辘滚到了路中间，人也在路面上翻滚着。车水马龙的街道上无人关注，汽车安静有序地绕开，也没有人关心躺在地上的男人多久才起身离开。

这附近曾住着一位沉默寡言的老人，老人在火葬场工作了几十年，穷困半生。头发花白、面容清癯的他时常拉着一架板车，从江津县人民医院太平间赶往城郊的火葬场，板车上放着一个深色的木匣。县城的人只要一见老人拉着这架板车，便惊恐地躲开，唯恐避之不及。即使他不拉车，有人走过他身边也要捂住鼻子，似乎这老头身上有什么令人作呕的气味。县医院离火葬场有四公里，路面凹凸不平，坡陡弯急，一有汽车开过，便尘土飞扬。拉尸体的老头时常满面尘灰，汗水淋淋，气喘吁吁。如果遇上下雨天，则满身泥泞。他拉着车，不时停下，用毛巾擦把汗，喘几口气，并用拳头狠狠砸几下腰部，砸出"嘣嘣"的金属声。在忍受着烈日、寒冷、身体病痛的煎熬同时，他还得忍受着世俗的轻蔑目光，更要面对着亲人朋友们的不理解。

"拉死人的那个老头，不是×××分子，就是穷慌了找不到饭吃！"路人纷纷这样猜测议论，还有人把他看作"下九流"。刻薄的语言不时钻进他的耳朵，但他却从不与别人争辩，最多只是宽厚地苦笑一下。

直到他去世，亲戚在床板下找到他的勋章与军衔，才发现他曾经在朝鲜打过仗，在部队仅剩下他一人的时候，一个人，一支枪，三颗手雷，阻挡了美军精锐骑兵师长达八个小时。一

个人击毙数十名美军，尸体在他周围摆成了一个圈，他浸泡在血浆里沉沉昏过去，第二天才被赶来的部队抬走，由此纵观世界战争史，再无第二人。

他叫谭秉云，二〇〇一年去世，直至去世，他的儿女才知道憨厚朴实的老爹竟然就是赫赫有名的反坦克英雄。同他一起走出去的战友大多长眠异国他乡，有的抱着美军士兵就往悬崖下跳，有的在血流如注的情况下爬行数十步，堵住喷射的枪眼，还有的在腿已经被坦克履带碾烂的状态下，靠双手爬到车盖上，往里面塞手榴弹。这群人在美军一百四十万发炮弹集中倾泻的一个小山头上，整整坚守了两个月。一个上万人的师被打得不足百人，为了守住阵地，不惜把侦查连这种特种部队都拉上去……

他们带着伤残回到祖国，但我们平时最难看到的却也是他们。

那日午后，我在长城路网吧的巷子里遇见一个头发花白、戴着厚厚老花镜的老人。炎热潮湿的天气里，他却反常地穿着军绿大棉袄。也许自我出生那天起，他便一直坐在简易的铝板棚前修鞋配钥匙吧。朋友被网瘾支配，急切向网吧奔去，无意间踢翻了一个木匣子，好似铜块铁片的东西散落一地，白灿灿的一片，在阴暗的巷子里格外刺眼。朋友急急忙忙拾起来，无意间看到上面的内容，神情剧变、默不作声，随后竟掏出上网的二十块钱丢进匣子里，说是要买两瓶胶水，并朝着老人鞠了一躬后，拖着我飞快地离开了。临走时，我看见老人深深地低下头，他说："谢谢你，孩子，对不起。"

至今我也无法理解那句对不起。同学本是一个玩世不恭的人，转过身却跑到墙脚痛哭起来，这是我唯一一次看见他哭。后来在我再三追问下才知道，老人出生于贵州新义，第一批入朝参战，重伤归国后无力从事体力活，妻子重病在床，只得做一点简单的活计营生。

　　转眼又是黄昏，我信步走在街头，大叔们笑着问："长城路好玩不哦？"

　　"好玩得很！那是甜蜜的温柔乡，舒服得走不动道咯。"

　　"有啥子好玩的嘛，尽是些'老桑塔纳'。"

　　光怪陆离的景象仿佛亘古不变，定格在时间的长河里。然而旧时人们心中的长城路，在不久的将来，会不会也将化为泡影……

苦

雪　国

带着蒙眬睡意，我拉开了客舱的遮光板。

地平线上的朝阳染红了苍蓝色的天空，冰封万里的平原在阳光下反射出刺眼的光亮，我不禁倒在座椅上，缩了缩脖子，赶忙拉上了遮光板。

齐齐哈尔

在三家子机场着陆，我踩着伸缩扶梯踏进航站楼，步行完简易通道，便看到候机厅与出站口。刚出机场，便产生一种强烈的认知反差，可我不知道更大的反差还在后面。

当我环顾四周，意犹未尽地望着陆陆续续走进来的行人时，惊奇地发现，这里就好像是县城一个不起眼的小车站，灰色是这里的主色调，陈旧的电子屏幕、人工售票窗口，以及门

口那位牵着两根安检红带的青年保安，在我眼中都如此独特。

在这里，所有的一切都刷新了我对机场的认知，我不由得惊叫出声："原来机场还能这么修。"转念一想又觉得好像并没有什么问题，同样是便捷出行的交通工具，那么摒弃机场虚荣的外衣，将它简单地修成汽车站的模样也是合情合理，就连当地的出租车司机也会笑着调侃它为"院子里"。

当我拉开候机厅的门帘走到广场上时，顿感双耳贯风，一阵晕眩，强烈的干冷空气刺进湿润的呼吸道，将胸腔压成薄硬的一张饼。我不由得痛心疾首，后悔没有在暖气屋里全副武装，只得用通红的大鼻头撮一口气，用品茶的方式，将冷空气细细送进鼻腔，再用暖流包裹住它消化掉，滑稽而又无可奈何。

在市区放置行李后，我步行前往当地人心中的蓬莱仙山——明月岛。传闻道：明月香山，春日绿叶萌枝，鸟雀齐鸣；夏时绿野繁花，碧水蓝天；秋风起时层林尽染，百叶飘零。不禁让人心向往之。问询路线后，我独自走向明月岛码头。一路上，松林里不时传出鸟儿扑打翅膀的窸窸窣窣声，而白茫茫的原野里仍旧伫立着被雪点缀枝头的一堆堆秸秆。

十二月中旬的嫩江，冰雪覆盖了整个渡口，我暗自嘲笑自己愚蠢的想法：乘船。造成这种认知错误也算南方孩子的悲哀，从未真正见过封冻结冰的江河，当这一幕真正映在眼前时，那般震撼无以言表，以致心情久久不能平复。继续前行，在雪里留下脚印，然后踏江而行，在原本汹涌广阔的嫩江上艰难地行走着。江上厚厚的积雪淹没了膝盖，一度举步维艰，走几步便会喘着大气。

明月岛上的宫墙与城楼像极了日本动漫里的神社祠堂，碧蓝色的墙垣，淡紫色的瓦宇飞檐，在银装素裹的世界里显得尤为神秘宏伟。此刻风雪凛冽，好似整个岛屿只有我一人，小径上覆雪的秋千，院落里的松柏，不时经过的轿车，都像是告诉自己，我应该走到道路的尽头。

下午两点四十分，太阳隐进地平线，云彩化作的天际线呈现出一种典雅的蓝紫色，远方的大烟囱升起缎带似的浓烟，好像在拼命留住白昼。穿过明月岛的铁轨来到滑雪场，见到三个中年男人正打扫雪具准备下班。他们惊诧地望着我，异口同声道："小伙子打哪儿来呢？滑雪吗？"

说明来意：自己只是游客，从齐齐哈尔大学跨嫩江一路走过来，已走了四五个小时，没承想这么快天就黑了。

"幸好你早早上了岸，再往前走江面变薄，容易掉进冰窟窿，外地人被冲到江里一时慌乱找不到出口，会被冰层闷死在江下，就算你会水也没用。"

我不禁打了个寒战。

东北人好似永远都自来熟，他们惯于用满腔热情抵御刺骨的严寒，拉着我一同吃饭，说着不要客气，这就是东北人的格局之类的话……

于是我与三位大叔在寒冷的雪具房里吃烤冷面，喝白酒。屋顶的霜雪掉下来砸在头上，化成雪水流进衣服里，冻得人浑身一个激灵。

其间闲谈道："东北人也爱喝这酒？"

"江小白嘛，多带劲啊。"

"这是我家乡产的酒，说起来还蛮自豪的，不过你们肯定没喝过江小白冲雪碧，蛮好喝的，媳妇和娃娃们保准喜欢。"

"我说你一帅小伙不得赶紧找个女娃娃热炕头啊，跑这来和咱三个老光棍搅在一起干啥呢？"

"对，对。咱这三点就天黑，街上早没人啦，都巴不得跑回家和老婆亲热呢。小伙子呀，咱东北的女娃好，不仅皮肤白还持家，找一个保你不后悔！"风雪之中传出几声爽朗的大笑。

大 庆

小姨的留声机是我小时候最美好的记忆。

昏暗的房间里，留声机吱吱地转动着，里面唱着："我为祖国献石油，歌唱三个五年计划，学大庆，赶大庆。"每当这时我都会躲在墙脚捂嘴偷笑着曲儿俗气。

可当我真正望着这座曾经名震四海的工业城市时，却一点都笑不出来，甚至明白过来，当一座城市衰败后，就算是曾经的中流砥柱，也会受牵连而没落。

但也算因祸得福，想象总与现实相反，大庆的空气质量出奇地好，道路也整洁明亮，笔直的街上不时有商贩吆喝着"大渣粥咸鸭蛋，冰糖葫芦烤地瓜……"寒冷的白昼里行人脸上总是露出一副微笑的神情，洋溢着对生活的向往与满足。他们的热情让我真切地感受到这座城市的自在，不禁也使我怀疑：或许我们终日为生活奔波，获得的幸福感是畸形的。

几十年前，大庆将煤炭和石油源源不断地往南方运，可如今的东北好似一座座冰封的遗址，古老且沧桑。就连有着东方巴黎之称的哈尔滨也因留不住向南奔跑的人，仅留下两条孤零零的地铁。

当地人酷爱搓澡，我也乐意从众。来到"大江户"办了一个物美价廉的套餐，走进富有日系风格的搓澡馆。

走进去的那一刻我便蒙了，形形色色的人裸露着身子在大厅里游荡着，有的人还对着镜子转圈，兴许是欣赏自己强健的身躯，他们不断摆出各种姿势，挺起胸膛歪着头，深情地望着臂膀上的肱二头肌，简直荒谬和滑稽极了。

雾气缭绕的更衣室增添了一份朦胧美，但真要脱光衣服走进去，当面露出的尴尬却让我一时不知所措。罢了，我只是一个来自南方的小不点——抱着这种自嘲的想法，悬着的心便放了下来。但这种悠然心情还未持续多久，就被搓澡师傅富有磁性的声音毁灭了。我躺在水床上涂了一些沐浴露一样的液体，师傅拿着鞋刷般的搓澡巾给我全身都席卷了一番。

那疼痛如剥皮剔骨，我不由得嗷嗷大叫，在水床上又抓又滚，溅起无数泡沫水花，逗得搓澡师傅开怀大笑，周围的人也忍不住憨笑。

尾声，师傅意犹未尽道："小伙子，给你搓了这一后背的泥鳅，爽吧？"

"哎哟，别提有多爽了，师傅劲儿也忒大了。你瞧，我全身红得能生火。唉，男人不愧是泥做的，脏东西就是多。"

"照你的意思女人是水做的就搓不出来咯？哈哈！"

师傅好像意识到了什么，打了个哈哈，狡黠地偷笑两声补充道："当然！我没搓过，嘿嘿！"

随后穿着"大江户"的浴服，在盐井桑拿房里认识了三位同龄女孩子，一块喝了两杯果汁聊了一会儿天，这让我对东北女孩完全没有抵抗力。她们给我的感觉是，皮肤白皙如雪，眼睛明亮如月，头发也如柳絮般自然。如果说稍微带有一丝瑕疵的话，可能就如许多南方人所打趣的："东北姑娘哪儿都好，就是说话粗犷，老有一股炭渣子味。"

哈尔滨

在哈尔滨时，我的刘海儿一天比一天短，洗完头出去吃饭，湿漉漉的刘海儿总是被冻成各种形状，像一根根冰针出现在我视野里，我想将它们扒开，它们却纹丝不动，强迫症犯了的我想将它们撩起来，却没想到发丝会如同牙签那般被拦腰折断。

防洪纪念塔下，一群艺术家正在制作精妙绝伦的冰雕，我望着江边唱歌的人，圣索菲亚教堂下相拥在一起的情侣，还有那咬着马迭尔冰棍哼着小曲的年轻人，吃完从中央大街买来比脸还宽的大列巴，轻盈地翻过围栏跳到松花江上，坐上雪国独有的交通工具——狗拉爬犁。哈士奇们带着我在松花江上飞驰，穿过雄伟的松花江大桥，跋涉十公里冲进太阳岛。

到达双峰林场里的雪乡已是圣诞节前夕。松柏滴翠，白杨伟岸，一排排壮丽的"雪蘑菇"映衬着暖意十足的大红灯笼，屋檐下滴着泪水般的冰凌，那是最纯正的林海雪原，宛如银装素裹的童话世界。若是有意中人，真该一同看看这些让人惊艳的人间天堂。当一场始料未及的雪花层层叠叠翩然而至的时候，心里唯有一份尘封的喜悦，仿如重逢，轻轻叩开那扇岁月的门。雪是一种能够令人产生多种情绪的东西，那些如同柳絮、芦花般的雪花纷纷扬扬地从天而降，每当凝望着它们时，都会勾起心中无限的回忆。

在雪乡第一家客栈里，我认识了一位男掌柜，风雪呼啸的夜晚听他讲述当年往事：曾经在《闯关东》里做群众演员，一天二十块钱，为了挣钱不惜命，每天都往雪山里头走，不料冻坏了腿。

他望着空荡荡的一只裤脚，面露惋惜地叹道："是我自己太逞强，当时剧组也不容易，演员在临时搭建的木板房里取暖，零下三十多度啊，寒风夹着霜雪从板房空隙里钻进来，冻得李幼斌和一屋子人满脸乌青发紫、龇牙咧嘴。"

吃掉掌柜赠予的苹果，我安睡在炽热滚烫的东北土炕上，屋外传来阵阵歌声，我很快睡着了，后来寻找到歌词，如这般：

> 三江的朝霞在等你
> 悠长的伊玛堪在等你
> 我在黑龙江等你
> 银色的雪花绿色的天地
> 这里的人啊
> 是最美的四季

缙云风与露

    云帐铅灰，燕雀低徊，去缙云山的路上行人寥寥、车辆罕至，两旁种满了夹竹桃，绿荫葱葱得像是一条颇有年代气息的乡间小路。桥外清风吹拂，空气中夹带着零星雨点，掠起的衣衫轻悠飘舞，湿漉漉的，弥漫着泥土的芳香。

    一对青年男女此时正并肩而行，一丛丛青草与露水化为的波涛在身旁起伏，动荡的雾霭在暗沉沉的田野里奔腾而过，仿佛融雪的春潮，香炉里飘来的氤氲。巍峨的缙云山渐渐拨开云雾，映入眼帘。一把黑色的巨尺斩在了巴蜀大地的最东边，连绵起伏，不见边际。依稀而见满山青翠，古木成林，雾水如纱，轻柔如丝，盘旋在半山之际，将那高处山峰遮挡大半，只隐约露出直上云霄的山峰轮廓。

    鸟鸣声声，雾气蒸腾，迷雾开豁的地方好似有诸多寺庙殿宇与亭台楼阁，在山涧烟霞间半隐半现出来。云山缥缈的神秘，朦胧中姑娘含着的清秀，此时都令男生心猿意马，偷偷张

望着。

　　狭小的索道舱只能载负两人，窗花上贴合在一起的露珠同他们的距离靠得更近一些了。漫长的缆索，摇摇晃晃的缆车，都令路途显得更加遥远，时间却未变得冗杂而悠长，在两人的世界中发酵，随后匆匆流逝，抓不住，留不下，只祈求路途永无终点，如同男孩的爱慕绵绵无绝期。

　　古人称"赤多白少"为"缙"，又因山间白云，磅礴郁积，早晚霞云，气象万千，故名为"缙云山"。古名为巴山，早在《黄帝内经》里就有记载，但更令人心驰神往的还是李商隐那一阕："君问归期未有期，巴山夜雨涨秋池。何当共剪西窗烛，却话巴山夜雨时。"让巴山夜雨天下闻名。

　　天穹高远，听不见鸟鸣，闻不到花香，广阔的缙云山顿生一些荒凉之意。忽见前头有几位大妈立在景区门前，张开双臂憨笑着拍照，而后耳畔传来小孩的哭声与吵闹声，以及情侣之间的窃窃私语，天与地是这样的安静，这般美好的世界，理应令人珍惜。

它不是"雾锁山头山锁雾"的浓雾，也不是稀疏乏味的薄雾。雾气弥漫在密林间，光线射不进，只剩稀微，好似从天而降一块极其宽大的窗帘，视线全被挡住，山峰隐没了，四周一片昏黑，树木成荫，高大茂密，森森然倒映出一道道黑影。数丈外的空间白茫茫一片，两人像置身于幻境，陶醉般，无忧无虑地漫游。

一块块布满苔痕的青石板，错落有致地铺放在路面上，在雨水的冲刷与浸泡下，重现往昔百年风雨的沧桑景象。草色的藓密密麻麻，黛色的石板中央带有些许裂痕，以及被行人踩践出的净白印记。山巅的雨停了下来，化为鹅毛一般的雾气，呼呼的大风从山谷向上冲来，将布伞弄得翻折，似风又似雨，风与露融成一堵白色城墙，肉眼可见的露水被风裹挟着扎进衣襟，让人不时打着寒噤，多么地凉，可有火热的心包裹？寒冷在他们眼里显得有些微不足道。

香炉峰上的观景台、瞭望塔是如此之多，峭立在悬崖边，视界如此宽阔，纵目远望，烟波浩渺，酣畅淋漓。如若在苍天晴日里可眺望万里山河，可美好的事物总是可遇不可求，恶作剧似的，用白纱蒙住人的双眼。行至宽阔的车道上，前后不时响起车辆的喇叭声，却只闻其声，不见其形。此时，未知的情绪并非不安，而是带有一丝有趣的韵味。能见度是如此低，宛如聚光灯照映着的明星，注视不到昏暗的角落。半晌后，汽车才小心翼翼地闯进我们的视野，在雾气中露出一双明亮的大眼睛，黄澄澄的光线从这头延伸到那头，转眼又窜进一片茫茫中，消失不见。

　　山高路远，青石板边缘沾满了黏稠湿滑的泥土，女孩摔倒了几次，风从白杨林中蹿出，鸣声大作，像是表达着它沉痛的心绪。汹涌的雾水轻轻抚摸过以后，瞬间淹没了眼前的一切，此时向下望是白茫茫的云海，向上看是耸立的山峰，两人犹如滔滔江水中的一叶扁舟，就这样携手浪迹天涯，飘荡在凡尘俗世间。

　　大雾将山峦团团裹住，苍黛凝重。他们从大雾中摸下山来，回头望去，那雾还没有散尽，翠林如海，莽莽苍苍，雾霭给山峰披上了一层薄薄的轻纱，圣洁肃穆，又如那皑皑白雪。回去的路途男孩总带着笑颜，虽未见到缙云山晨昏时的霞光盛景，可他朝朝暮暮，在脑海里百转千回地期盼，终究带着荷花般的清莹，化成一颗颗纯洁的露水，随风飘荡在两人明亮的丹青画卷上。

　　云来山更佳，云去山如画，山因去晦明，云共山高下。

　　只叹无山不飞云，山水共生，山云共存。

　　只羡鸳鸯不羡仙，风云共生，雨露共存。

奔跑的时光（下）

看到那段塞满朋友圈的视频时，我已是离开田径场的大学生了。那是一段体育考试的录像，镜头里的主角是两位吊车尾的男生，他们在最后冲刺的直道上，踉踉跄跄地艰难到达终点。在场的考生以及观看视频的人都敬佩着，赞美不已，甚至有人流下感动的泪水。

不久后便上了热搜，文案繁多，大体便是：什么是体育人？这就是体育人！

看完视频，我突然有一丝紧张情绪，甚至红着脸带着一些羞愧。不由得再次质疑我们这个群体的纯粹性，更是在心中反问千千万万遍：这便是体育人？

羞愧是因回想起这么一个小插曲：那是初二的运动会，我与队里一名刚来不久的同学同样报了四百米，平日训练赢他不多，实力伯仲之间，但自命不凡，认为练的时间比他长就不可能输给他。然而预赛成绩出来后，发现我的成绩与他相差足

足有五秒，顿时心灰意冷，心中生出一个念头：假装抽筋到终点，这样自己就有了说得过去的理由。

而后的确也按着自己的想法做了，自认演得以假乱真，只是对于有些聪慧的女孩子而言，反而显得太过于拙劣。她说："已经很棒了，其实你努力就好，结果就一定这么重要吗？还是你真的抽筋了，现在好点了吗？"

我面红耳赤，支支吾吾说不出话。

我并没有讽刺的意思，毕竟体考每年只有一次，没必要故意为之。但是有一点我疑惑不解，是什么导致了他以这般姿态爬过终点，腿抽筋？胃痉挛？还是另有伤病？其实抽筋难以让一只腿站立而起，胃痉挛更是使得整个人蜷缩成一团动弹不得，这时意志已不能控制，做什么都无济于事了。

高二那年寒假，那是我至今都能嗅到的死亡气息，不时想起更是冷汗直冒。事情发生在江津中学后门与新世纪书店连接的那条斑马线，作为江津最繁忙最重要的交通要道，来往车辆川流不息，但它却没有红绿灯和指示牌。

那时我刚早训完，正步行回家，体力严重透支，头顶像个大烟囱，呼呼冒着热气，只能走走停停。站在斑马线休息一小会儿，眼看没车，想立马拎着包小跑过去。脚尖触地，第二步还没踏出去，抽筋便突如其来，整个身体不由自主地扑倒在地，摔成一团。我顾不上手肘和膝盖传来的剧痛，连忙想起身，未能如愿，下肢抽筋带来的肌肉撕裂感太过强烈，简直快昏倒过去，只能无助地转着头寻求路人帮助。

前方的车流来自转盘上的客运中心主干道，这是一个缓斜坡也是一个拐角，从上往下行驶的车辆通过这里时，司机右下方的区域是视野盲区，很难立马观察到，我贴着地面趴在这里，就等于往车轱辘下钻。这时主干道上的绿灯亮了起来，不少的车辆分流拐进这头。我的耳朵贴着地面，感受到成群的发动机轰鸣声，像听到死神的尖啸。我赶忙用双臂、胸膛和下巴，朝中间的双黄线匍匐爬行，顾不得它们与粗糙的沥青路面摩擦弄得皮开肉绽。当爬至双黄线时，我感受到鞋底端传来一股令人心惊的力量——汽车轮胎压着我的鞋底边过去了。

同期的队友今年高五了，我答应过一定要去考场看望鼓励他。他之所以复读还是因为太偏执，不愿认命。他说自己已经很努力了，不管与我同队或者与现在的同学相比，都是最努力的。

当时我笑得不行，回答道："你是比我更努力一些。"

"那倒不敢，差不多嘛。"

"但其实我一点儿都不努力，我只是尽了本分，二中那位周同学才能称之为努力。他的教练跟我说过，他每天清晨五点半到操场完成二十圈再去吃饭上自习，风雨无阻。每月放归宿假更是用双脚跑回五十多公里外的老家，虽然只有一米六几的个头，但凭借超强的心肺功能，超人的坚韧毅力，高三便可以和省级的长跑队员分庭抗衡，争得你死我活。其实我只是把训练融入进了生活，日常代步工具变成了腿。以前爱和同学聚在一块玩游戏，天天跑那个固定的网吧，一日三餐得跑好几次，虽然离家不远，但却还是有三四公里。我爸以前做饭的时候，我不愿帮他打下手，每次就跑到鼎山黄桷古道，一趟十来公里，平时周末睡醒了也必跑，跑完洗个澡再去网吧上网。你说我努力吗？对吧，我一点儿也不努力，都是贪玩好耍的懒人。但你却不如我用心，每天只寄托于学校两个小时的训练，那么有多少人又真的努力过呢？"

冬练三九，夏练三伏，关于这样的事，许多体育生带着辛酸与痛苦却无法用言语表达，更多选择的是沉默，但此时他们却一次又一次地咆哮着，证明着。其实根本就没有必要证明给谁看，也许是自己压根儿没有经历过，才会喊得那么石破天惊，也可能是自己不愿意听到这些质疑声和谩骂声，而选择逃避，更是因为自己在意。为什么会在意，那是因为触碰到失意的伤口。

任何一个群体都会遭遇褒贬，可那些贬义某种程度上是一种激励，因为有人目睹过，所以不会无中生有，我也承认自己不止一次偷过懒，骂过人。是的，在这之前我也是只听得进去表扬，而一点点批评都会激起内心的波涛，甚至想把人拉出来当面对质，来保护自己那一丝骄傲可怜的自尊心。

许许多多体育生寒暑假归来还需要恢复，甚至需要减肥，滑天下之大稽，假期不坚持运动如此懒惰，就不配说自己练体育。从前有个队友问我："你不需要恢复训练吗？教练都安排好了，你总特立独行。"我当时气得不行，一想到教练为了照顾他们，怕适应不了猝死在操场，还专门花几天恢复体能，我也是很恼怒，回了一句："我不需要，我随时都是巅峰状态。"

寒暑假我都在区体校训练，和一群小学生初中生在一起。现在想起那些小孩子，可怜又可爱，冬日寒风刺骨。训练规定还得提前一个小时到场，列队成一条长线，整齐有序地进行热身运动，十圈操场，然后再开始当天的训练内容。夏天训练更是讲究，体育馆通道阴凉处铺放着几十块被我们弄湿发亮的胶垫，旁边摆放着两个小桶和几个水瓢，里面装满冲淡的"十滴水"。

周遭充斥着严峻的比赛气氛，八个跑道上全蹲踞着准备起跑的男孩女孩，下一组的人依旧像死人一样无声地将头埋在垫子上。这何止四十度，室外温度已超五十度，足球场和塑胶跑道上蒸腾冒烟，空气都扭曲得模糊不清。教练站在烈日下，威严瞩目，轻声发令，开表，安静得能听到来自八个跑道上的起跑器同时发出的金属响声。

这是每周都会有一天的炼狱项目——十二组四百米。在我很清醒的时候，我会想着稍微慢点儿跑吧，真的好累啊……然后跑出去就发现，这一群小学生在撵着我走，碍于自尊心和面子又不得不发力拉开差距。是啊！我是高中生，我是要参加体考的人，怎么能被小学生超越。就是这般相互间的不断竞争，几乎将我体力榨干。当我在跑动中回过头望着他们时，那一张张拼命想追赶我的模样（特别是女孩），真的是太恐怖了，永生难忘。

同他们一样，我的皮肤出现强烈色差，在一起时并没有发现自己黑得瞩目耀眼，等到回到校园后，从同学和老师看我的眼神中我才明白，我太黑了，坐在最后一排角落里都自带隐身，就连女孩子都嫌弃我的皮肤，不想与我说话。每当那些人问我："你暑假去干了什么啊！这么黑。"我只好幽怨地回答："出去训练不小心晒黑了……"

回到队伍里，我并不会骄傲地对他们说，暑假我跑过十二组四百米！有多累，有多苦！真到了这时候，累已是发自内心，也懒得提这些事情，仔细一想，有什么累的呢？跑到第九组时，都跑不过小学生的人有什么资格叫累？

也不止一次遇见过这样的情况，周末跑十五圈"拉体能"，跑着跑着就发现自己还跑不过放学出来休闲健身的同学，以为是幻觉，跟了他好几圈后肚子都开始绞痛，只好灰心丧气停下来，承认技不如人。只好不断重复安慰自己，实现自我催眠。怎么寻找借口的呢——我是跑四百米的，是短跑，不擅长距离跋涉。

在大学时见到许多外国语学院的男生，一千米能跑出三分零几秒，一度怀疑是不是老师开的"水表"。因为自己在高中巅峰时，一千米跑过的最好成绩也不过刚刚三分钟。这是不是意味着他们比我们这些专门练田径的人强？有人会说：不一定，有的练长跑，有的练短跑，身体条件也各有差异，体重啊，骨架啊，爆发力啊，都不一样。

转念一想，根本经不起推敲，有什么不一样？身体条件合适不合适，这些细分都是上升到职业层面的东西。标准都那么低了，搞什么不合适，必须得合适。

所以看到那些跑完八百米站都站不起来的体育生，就不能怀着感动和怜悯，连滚带爬到终点是多么不容易，平时不努力，现在破釜沉舟来一次，觉得自己拼出了一个世界，美其名曰"体育精神"？平时生活中的训练能一直这样才算作精神，跑个八百米就和那些从来不运动的人跑完一个反应……算不算某种程度上的丢人？八百米对我而言，不敢说像喝水那么简单，但至少心里毫无波澜。

我们应该关注的，是那些每组跑到最前面的人，学习他们优秀的跑动技术和呼吸节奏，学习他们的从容镇定，更是学习他们背后的辛勤付出。他们这样的人，往往跑过终点后，站着喘几口气，无声无息之间就去换好了鞋裤，轻盈离场了。剩下的几十秒，看台上的人也就只能见到几位吊车尾艰难地跑到终点，无疑也是享受了万众瞩目的感觉。

说到八百米，那才是自己永远的遗憾，很多人遗憾是因为自己能力达不到期望的点，但好歹也挣扎着拼搏过，尽量弥补平时的偷懒。我遗憾是因为明明有满分的能力，偏偏要刻意放慢速度来控制那时心脏带来的隐患。

在跑道上，我们从来都不需要什么尊严和体恤，这是竞技体育的残酷和魅力所在，我可以选择狡黠的赢，但不恳求获得所有人的尊重。只有获得冠军时才会明白，站在最高领奖台的人，才能得到无数人的尊重和欣赏。只是许许多多的人从来没有成功过，用无数次的解释和搪塞来尝试着获得别人的同情和理解，周而复始，恶性循环。

当我开始懂得自行惭愧的时候，我知道，我已经比同龄的大部分体育生要强。

澡　堂

　　九月，秋意绵绵，雾气翻腾，校园里弥漫着轻微的茴香气息，还有金菊的芬芳气味。秋高气爽的时日里，我和室友却得了流感，此刻正为谁传染谁这个问题呲牙闲嗑、撇嘴赌气，但很快又为战胜病魔统一战线。我向他提议："既然咱们要完成自我救赎，这物资上也得互帮互助，统一调配吧？"

　　"那是自然！"

　　像是形成了一种默契，室友没有感冒药，我没有热水。喝了两口杯中的冲剂，我不禁咂了咂嘴，总感觉哪里不太对，一时又说不清。

　　我不满地向他嘀咕："我感觉刚才你给我倒的开水不太热，还有点儿异味。"

　　只见他漫不经心地修着指甲，随口回了我一句："那可不，澡堂接的。"

　　"噗！我呸！"我一口将药吐了出来。

他转过头若无其事地望着我，像是在说：咋地？看不起澡堂水？

我真是祝愿病魔早日战胜你。

我想，应该不止我一人心存疑惑，根正苗红的"狮子山女子学院"居然有澡堂这种设施。初次来到这里时，内心既好奇，又带有一丝羞涩。关于澡堂这个词，能联想到的无外乎酒池肉林，暖气蒸腾的北方大澡堂。

男生公寓的澡堂不大，也就是几间底层普通寝室改造而来的，用一些装饰挡板和帘布分成一格一格，在这个一平方米大小的天地里，素不相识的学生们沉迷于自己的世界里，沉浸在声音的海洋中，纵情忘我，无法自拔。

结束一整天的繁忙功课，拖着疲惫的身躯来到这里，"哗哗"的热水冲在臂膀上，也暂时冲走了生活中的烦恼与忧虑，顿时身心格外放松，因此难免出现一些与平时截然不同的言行举止。内向理性的可能会展现幼稚可爱的一面，活泼开朗的可能会表露黯然神伤的神色，正直清高的可能也会说一些粗鄙之语……

人在这般放松的状态下，所有的喜怒哀乐都是通过笑声传递的。笑是很奇妙的，不同的声音包罗万象。在澡堂里，笑从无声到有声，通常源于某位同学的一声憨笑或者苦笑，隔壁随即传来冷笑、讥笑和窃笑，接跟着一位老哥爆发出他的哄笑和调笑，然后一群人便乱了套。不知道在笑什么，止不住的笑，大笑！疯笑！狂笑！有的笑得阴险像一个太监，有的笑得嘶哑像动物在激烈叫唤，有的甚至根本无法形容，简直就不是正常的笑声，听得人头皮发麻。

问他们在笑什么，谁知道呢。没准就是他笑我的笑声，我笑他的笑声，不由自主地从众。

渐渐随着时间推移，笑声澡堂没落了，开辟新潮流的是歌声澡堂，你总能看到这些人肩上挂着毛巾，端着盆子、穿着内裤、裸着上半身，头发弄成非主流精神小伙，哼着小曲从澡堂里走出来，有的甚至走路还带旋律，三步一慢，腿抬在空中得停一拍才落下。

开始时大家都是整一些单纯的经典老歌清唱，想到啥唱啥，小声哼一哼图个开心，大家互不干扰。后来有人觉得不来劲，因为记不住词，不想翻来覆去唱那几句副歌，于是把手机外放打开。这一开还得了，对于澡堂的意义如同南昌起义打响

革命的第一枪。在网红歌曲面前个个翻身当麦霸，谁嗓门大谁领唱，硬生生升级成合唱，反正隔着板子对着帘子，谁也不认识谁，谁也看不见谁，谁怕谁。

民谣在澡堂是没有生存空间的，原本是有的，自从那天有一位哥们儿失恋，将一把吉他弄来澡堂自弹自唱后，一切就回不去了。当时他在雾气缭绕的澡堂过道里甩着长长的刘海儿，抱着吉他疯狂地扫弦，嗓门大开，吼得撕心裂肺，无人敢与之争锋。过后，战争就一触即发了，许多人连低音炮都带来了，从声音大小上民谣就被这些当红热歌掐死在摇篮中。低音炮放主歌时大家都是安静地听，越往后参与的人越精诚团结，更像是优胜劣汰，为了挤出一些不善歌喉者，体现自身存在的价值。不断更新的曲目也愈加困难，全换成副歌音高且长的歌曲，常常落得全军覆没，不破音者百里无一。此时他们发现自己唱不上去，没有办法统治，高傲的人又不愿放弃，于是就成了扯着嗓子吼、大叫，简直是五音不全，难听得令人发指，恨不得跑过去掀开帘子暴揍那人一顿。

所以时常就会出现这一幕：一哥们儿拉开布帘，甩了甩刘海儿，端着洗漱用品正准备离开，忽然被一人拍住肩膀，问道："刚才唱《沙漠骆驼》的那位是不是你？""当然不是我啊！""整得跟一驴叫似的，可别让我逮住，否则今天不把他屎打出来算他拉的干净！"但也不知道是不是贼喊抓贼。

不过我已经不下三次见到澡堂里出现排泄物了，兴许是被高人逮住"扰民"的人，将他的臀部给清理干净。它们有的就横在道路中间，也不知当事人抱着一种怎样的心绪离开，更不知成百上千像我这样的人进去洗澡时的心情；有的甚至就出现在等你拉开帘布的脚下，如若中了头彩，也并不会像平日在外面那般碍于面子的生气和发泄，而是悄悄对准花洒，将它们向四方冲散；有的若隐若现残留在地板上，应该是没有被待在里头的人冲干净，也可能是他舒服地解决了生理需求后，将这茬抛在了脑后。我只得目送着一群可怜的小大人们来到这里，享受暂时摘下面具的快乐。

他们深知，从这里走出去，便难以找到寻求慰藉的个人空间。外部世界的压力和前路未知的迷茫时刻提醒着他们，及时行乐。

在没有隐私的时代，我们无处可藏。

忆九寨

昔人谓西蜀山水多奇，而峨眉九寨尤胜。其间山高水秀，气象万千，那专为游山玩景之人，也着实不少。

九寨风景尤为幽奇。深山大泽，深林幽谷，大都是那虎豹豺狼栖身之所，免不得传出些人命之事。人到底是血肉之躯，意志薄弱者占十之八九，因为前车之鉴，惹得一般人妄加揣测，到头来众说纷纭，因此游九寨的人常常是裹足不前，倒是便宜了那些不畏险境的摄影师，省去许多烦扰，安心将这张山水画卷搬上荧幕。

随后，这层峦叠嶂的秘境引得无数人心驰神往，但在当时，旅游尚是一件十分奢侈的事。

沿汶川西进，翻过崇山峻岭，环绕九十九道拐的绵延群山，两辆三菱越野在泥泞的土路上艰难地爬行。绿色是这块净土的主色调，轰鸣的引擎声回响在山谷间，更像是一种打扰，惊动了鸟群，也惊醒了安静流淌的溪河。经过艰难地奔波，终

于，两辆越野车一瘸一拐、相互搀扶着滑进长满蓬蒿的村落。

　　此时的九寨尚未大规模开发，安静地坐落在山水之间，仿佛睡着了一般。无奈夜幕将至，崇山叠翠之中传出几声狗吠，只好向当地人投宿。好在有位同伴略懂藏文，交流不成问题。

　　这家只有一个人和两只狗，主人十分热情，甚至主动帮我们扛起行李，就连两只狗都兴冲冲地拖咬着后备厢里的布口袋。

　　如果没有当地人指引，我们根本找不见景区入口，或者说，没有入口。售票处是一座小小的木房，十几个木桩架成了一条直线，旁边放了几把小木凳子，有几个村民坐在上面打牌。门票是手写的"九寨沟"字样，字迹古朴简易，并且没有限制我们游览时间。

　　沿溪行，湍急的水流冲刷着道路旁的石块，野蛮生长的野草和蓬蒿挡住了我们前行的视线。四周清寂，枯燥的路程消磨着激情，只有"沙沙沙"的脚步声。当进入方才明白，何为别有洞天。九寨其实是一个巨大的山谷，那条不起眼的小溪就是打开它的钥匙。野花铺满了脚下的路，那湖蓝色的波光映入眼帘，若虹霓小径。但我们并未因此驻足，途经一个又一个湖泊，这些湖尚未拥有名字，像刚出生的孩童，也因九寨还未被世人叫醒。

但我们并非走马观花，时而张开双臂贪婪地呼吸着带着泥土芳香的空气，时而凝望着落英缤纷的湖面，微风拂动，飘荡的杉树叶缓缓镶进湖中，泛起阵阵涟漪，水中的落叶也跟随风儿摆动，左右、左右，最后躺在了湖底的一棵老树下。

往里走的半日里，我越来越感受到道路向上倾斜。九寨诸多海子，溪流自上而下，跳跃不息，似轻悠悠的浅唱低吟。清澈的湖水漫滩铺开，在坑洼的石壁上泛起无数水花，在凹凸不平的石头滩面上激起粒粒银珠，在阳光的照射下上下翻飞，晶莹透亮。我们不再疲懒，反而更加慌乱，像是在感知召唤，迫不及待地迈开步子，与激流交错而行，一个火急火燎地往下，一个匆匆忙忙地往上。

水汽弥漫四周，前方的小路若隐若现，只感觉到有两座模糊的大山耸立在我们眼前。我们到达九寨之行的尽头，也许它的辽阔宽广用海来形容也不为过。云伴随着水一起流动，云被风撕开，如棉絮一般游离，风被山折断，于是白与黑在眼前交织。两岸茫茫的山川此刻像是从天上砸下的两柄黑色巨斧，嵌在海的两端。鬼斧神工的山壁光滑如刀刃，水花拍打着崖壁上的松柏，同我们说着再见。

回到村落时已是深夜，那户村民早已熟睡。吵醒对方使得我们非常愧疚，没承想，他非但不生气，还问我们吃过饭没有，并大方地拿出了肉和酒。通过蹩脚的翻译，我们磕磕绊绊地进行着交流与谈笑。兴致渐起，他也坐起身抿了一口酒，我拿出兜里的米花糖给他蘸奶茶，他直呼好吃！

我喝了几口便沉沉睡去，随后被一双熟悉的大手抱到旁侧的毛毯上。醒来时两只大狗正在我旁边滚酒坛子，我摸了摸后脑勺，果然肿了一个小疙瘩，顿时气急败坏地追这两只狗。惊讶于昨晚我们喝了如此多的酒，更惊讶我们的酒量加起来也才仅仅与他打成平手。

临别之际，他在门前大声呼喊，竟从屋后牵出一条牛，说是要送给我们。我们憨笑着说太贵重了，又打趣道我们的车也装不下。他赶着牛往里塞，见实在不行，脸上露出一些惶惑，居然说把陪在身边的老狗送给我们。我们赶忙摆手拒绝，懂藏文的同伴拱了拱手，喊了声"阿拉噶门"就钻进了车子。伴随着他的注视，越野车向远方驰去。

有这么一句话：黄山归来不看岳，九寨归来不看水。的确如此！当我回到家乡，再秀美的溪河也不过是匆匆一瞥。阔别九寨，一晃十余年，可那般水之洁净与清澈依旧倒映在我的脑海里。我无法将十年前的九寨与如今的九寨相比较，也许现在的九寨经过人工的精雕玉琢，更符合当下人的审美。但那时的九寨也并非狂野生长，而是拥有灵性，就像唱歌动听悦耳的两个人，一个凭借高超的唱功，一个依靠空灵的嗓音。

关于九寨，言语不足以形容分毫，那留在心中、映在眼帘的动人景色，往往是因为人的深情。

雷击枣木

一

夜空一片昏黑，空蒙的深山里，通白的手电光时不时地尝试划破长空。暴雨夹着狂风，如泣如诉，此时顶着布伞的男人与小孩拼命小跑着，着急地返回自己的家。

经过这片竹林再往上爬过田埂就到家了，一想到这，淋得湿漉漉的男人嘴角不由得微微扬起来，小孩神情依旧如周围环境一般，一片阴霾与混沌，眼睛里透露着恐惧不安。

此时一声惊雷爆响，雷电崩击在两人身前，强烈的光亮将峡谷映出短暂的白昼，巨大的声响震得人两耳失聪，同样，强光也充斥着两人的瞳孔。他们望着身前被雷霆劈开的凹凼，雨幕中甚至弥漫着浓烈的焦味，惊恐，久久缓不过神。而后，两人沉默着踱步走进家门，其间甚至未相视一眼，说过一句话。

二

那日黄昏，邻居张老太兴冲冲地跑来对男人老爹喊："水电厂桥下有条水蛇，我割草回来时瞧了老半天，不是腰杆不太利索，也不会跟你讲了。"老爹抓蛇回来时天色已黑，男人刚把蜡烛点燃，穿着白褂子的他便走进厅门。只见老爹提了提袖子，把蛇皮口袋扔地上，平静地说："大意了，以为几下就把这孙子甩地上整晕掉，刚把蛇身塞进口袋就被捅了一口，是条棋盘子①，有点不好办。"说着他把体汁弄得模糊不堪的蛇从袋子里倒了出来，转身从房里拿了酒精，又去旁屋取了草药，边说边往手臂上消毒敷药。望着如他嘴唇一样毫无血色的手臂，小孩不由得担心："舅公你没事吧？""放心，咱家有个方子，吃了它的胆再敷上药草，休息两日又可以下田了。"

饭做好后，男人端完饭菜又给昏暗的饭厅添了一支蜡烛，隔壁便是老爹的卧室，老爹清理完蛇毒之后就脱了鞋子上床睡觉了。男人喊了两声，没见回应，想起身进去询问一番。此时男人和小孩转过头盯着房门口，却见到他坐在椅子上默默注视着他俩，嘴角带着神秘的微笑。这般距离，蜡烛的光使得明与暗更加分明，又好像看不太清，他坐在阴影中向两人微微摆了摆手，好像说着一会儿就来不用等。耳濡目染老人家脾气的男人和小孩只好盛饭夹菜，慢吞吞地咀嚼着。等男人快要吃完才

---

① 棋盘子，乡下人对银环蛇的别称。其外形呈现黑白两色，类似于围棋双子，是中国南方独具代表的毒蛇，甚至可以说是中国境内毒性最强的蛇之一。民间流传一句话：棋盘为天子为地，蛇头一现鬼门开。

觉得不妥，准备去卧室唤他起身，这才发现他的身体已经冰凉陌生，像是离开了许久。

三

　　一日中午赶集回来，小孩见男人的媳妇倒在盘山公路的拐角处，自行车远远地摔进山沟里。她起不来，小孩拖不动她。她说自己放坡下来时压到一连串的石子，刹车突然失灵，车越来越快，她觉得自己肯定会冲进山沟里摔死。自行车绊倒了她，她撞上一棵树才弹了回来。男人来时听她这般讲，疑惑地远望了一下大山出神道："怪事，我天天走这条路，一条木桩子都没有，哪有什么树。"女人不信邪，时常空闲来这里寻找那棵树，结果却依旧如此，只能悻悻归结自己看花了。待她走后，光秃秃的盘山公路上吹起一阵微风，一层层黄土飞扬时，仿佛能望见一粒粒沙尘，和那棵淡黄的杨柳树。

四

时光荏苒，小孩已是一位小大人，此时正双眼无神地坐在河边朝着河中央漫无目的地扔着小石块，就在刚不久，准备与他年后订婚的女友对他说了分手，并与他家境殷实的同班同学跑了。他没有一丝生气，只是充斥着悲伤和无奈，他的喜欢是那般纯洁，不加任何世俗情感，以至于她做出这样的抉择时，他首先反省的是自己的过失。他悲伤只是因关系隔阂，不能经常见到她，从而渐渐地疏远、陌生，再到永不相见。

可没想到的是这一天来得竟如此匆忙。一个平静的早晨，一块从楼房上脱落的、毫不起眼的砖块，就这样扎破了那个年轻女孩的头颅。听闻她的死讯时，他还沉浸在患得患失的情绪里，在遗憾与自责的罗网中交织。渐渐地，他的神情痛苦起来，是那般纯粹的痛苦，心存的唯一希冀消失殆尽。他脸色苍白如纸，拿着笔的手颤颤巍巍。

不知道过了多久，日记本上多了几行字：你离开我时，我忧伤不能时常遇见你。你离开我时，我却快乐地回想，我怀念那种期待见到你时的忧郁，而不是此时再也见不到你的悲戚。

爸，我回来了

八月十五，我回到了阔别十年的家乡"大桥"。

母亲说，总该回去一次了，哪怕这个家永远停留在我的童年。母亲知道，我想要抓住的，不仅仅是故乡的田野与河流，远山与天空，还有当年陪伴在身边的人。可我清楚，她仍怀念在信用社的二十个春夏秋冬，怀念离开这里时，村民们的齐声欢送。又或许在她这个年纪，望而不达，才是乡愁的真谛。

来到信用社前，满眼都是破败凋零的景象，齐腰的杂草更衬托村庄的荒芜，唯有树叶在风中沙沙。连成排的白杨树，还像当年那样笔直地站立，一位老人还守候在隔壁的破房子里穿针引线，我记得她，母亲从前总爱麻烦她缝补衣物，讨论家长里短。虽然她的脸已经皱成了一个核桃，但她的面容仍像二十年前一样平静而满足。而那些已到花甲之年的熟人们，两眼无神地瞥见了我，有的会愣住两秒，像是回忆起了什么，又转头干起了别的事。此刻情绪莫名，渴望着回应，却又止不住惶恐，侧着脸躲避那些目光，从前那些温暖的情感，此刻都变成了无从落脚的仓皇。

楼梯上滴落的油渍早已风干成印，二楼的门虚掩着，亦如年少时路过这里的景象。这道虚掩着的古铜色的门里，曾住着一对要好的双胞胎兄弟，他们家的门从来不锁，为的就是让我们能踩在门槛边伸出半个头来，稚气大声地呼唤后，打着"光脚板"风风火火地冲进去，在光亮的地板上踩出一串串灰脚印。

扭开家中生锈的房门，气流卷起屋里厚厚的灰尘，它们在提醒着我，打开窗户。房屋里布满蜘蛛网的冰箱，带有蟑螂尸体的干枯水缸，以及书桌上拭掉老鼠粪便后，露出"正利"两字的备课本，让我想起无数个暗夜，在昏暗灯泡下，父亲像一个孩子，用锈迹斑斑的钢笔同我一起画着各种棱角分明的图案。如果黑夜有一双眼睛，它一定在冷冷地嘲笑这个头脑简单了无心事的中年男人。

风在沉闷的夏日里显得格外大，屋里的家具被吹得哗哗作响。眼前依旧是那一片青绿的杏梨秸，只是其下水田，不远处的学校，早已不复从前。如果说一个学校的发展兴衰如同我们人的青春年老的话，那它正处于垂暮残喘的老年时期。我未曾有缘经历它曾经辉煌的过往，却有幸在十余年后的今天默默为它叹息流泪。记不清多少女老师们挺着大肚子，搂抱着孩童在三尺讲台上的含辛茹苦，却依稀记得，一个富豪与他儿子的故事……

那是村民丰收，处处透露着喜悦的季节，但他们父子俩来时脸上挂着的愁容、身上西装革履的装束，都显得与淳朴静宁的村庄格格不入。得知家里人因为溺爱，孩子不仅开始混迹于社会，更是在城里的中学犯下了大错，高举着兴修操场的砖块，大逆不道地朝英语老师边跑边砸，英语老师惊恐失措，被高跟鞋崴了脚，拖着腿拼命地逃，所幸两位体育老师及时制止，叛逆期的他才未酿成大错。勒令退学后，父亲托关系，花重金，依旧拗不过背负着巨大舆论压力的社会，全城没有一所学校敢接收这名学生。可孩子的学业还要继续，偏离的人生轨迹需要纠正，托人总算找到了这所远离世俗喧嚣的农村中学。

那时我正值年幼，没有机会亲眼见证这段动人的"变形记"，更多只是从长辈们那里道听途说。说是这位哥哥在城里学来的本领在这里处处碰壁，得不到认同，更寻不到好友。引以为傲的家世与出身反而成了累赘，一切的一切，在这广阔自由的田间原野里，在淳朴善良的村民眼中通通都不奏效。磕磕绊绊后，也许在自然的和谐中明白，人的本质并没有贵贱之别，自己不过是来自城里，没有什么了不起。他用生涩却真挚的当地口音与别人交流，也渐渐使得村里的孩子接纳了他，并与他打成一片，以至于后来村民们总能看见那一窝蜂的捣蛋鬼里有他的身影。每当他爸爸开车上山来看望他时，都得脱掉皮鞋拎在手里，跟着村民跋山涉水地找，活像一只滑稽的老狐狸。

有幸跟着父亲，目睹了他们父子俩离别之际的谢师宴。他的父亲应该是一个狡黠圆滑的生意人。我想只有这样的人，才能在这种时候，展现出格外夸张的模样。他止不住鞠躬，对一个个老师说着感谢，老泪纵横地讲几句别的正经事，忽的一下又调转话头说一些令自己感激涕零的话。而他儿子，从刚开始来时的心高气傲、目中无人，到如今的正襟危坐，说的话也无非就是那三言两语。就连当时幼年的我都将信将疑，觉得在逢场作戏罢了，指不定回城里就原形毕露。

珠流璧转，露往霜来。他们父子俩离开村庄已有整整四年，平淡的村庄泛不起岁月的浪花，村庄已渐渐抹去了他们存在的痕迹。这时我刚升入这所农村中学，这天秋乏困倦，所有人都挤在教室里午休，突然被一阵急促的广播声震醒，在滔天的埋怨声中来到操场集合，校长说有重大事情宣布。

内容大致是一位姓刘的慈善家要捐款一百多万给学校修操场，买崭新的篮球架。然后所有的学生激动的跟疯了一样，一些男生甚至把女生高高举起来。之后那几天，课堂上大家都是兴奋的，学生眼中带着光亮，老师脸上带着自豪，这种满足的喜悦感如今再也难寻。每逢课间，人们都会谈论那位姓刘的"慈善家"，说他真是个大好人，福星在世。凡事总有因果，此时却没有人在乎，只在乎改天换地的学校何时才能破土动工。

可我不会忘记，曾经那位来自城里，桀骜不驯的男孩，便姓刘。

如今那六座标准的篮球架依旧矗立在操场上，依附于这所学校生活的老师们总会告诉在这里念书的孩子们，这是一个慈善家赠予我们的，没齿难忘。

合上客厅的窗户，我努力地寻找着他在这个房屋里留下的痕迹，什么都没有。留念，除了怅然若失以外，不知停留于此的意义。打点好要带走的行李，所有的往事都在一声细微的关门声中，悄然尘封。随着近处的小溪一直往村外走，思绪不断蔓延，或许这不知从哪儿来，也不知将往哪里去的溪水也会消失，可是，溪水并不知道，它只管朝着自己认定的方向，不停往前走，不再回头。而我也不知道未来的路该走向何方，恍惚中听见父亲使劲念叨着，你要好好念书，离开农村，不要回来。亦如当年他对学生们赶考时的嘱托，而他们也不知道前方的路还有多远，只管跟着父亲走过的路，川流不息。

那是二十一世纪初，父亲担任初三某班班主任。每逢中考，都不得不履行校长曾经豪气干云的规定——步行赶考，活生生的当代版"进津（重庆江津）赶考"。听起来虽壮志勃勃、志在千里，体现校长的豪迈胸襟与格局，但承担的责任与风险却非常高，这更像是对学校资金底子薄弱的无奈之举。而大桥乡深沟高壑，交通不便，时逢雨天，道路泥泞，更是举步维艰，常常有人跌落高山密林、绝壁峡谷。

六月的有一天清晨，是被手电光照亮的，那是百余支手电

大桥中学
1991.9

筒汇聚在校门朝天的模样，那些可爱的男孩女孩们正在点名集合，准备上路，奔赴几十公里外的白沙镇。临行前，校长亲自给每个学生发了鸡蛋和馒头。没有过多嘱托，也许只想着孩子们能平安返回，也没有誓师大会，他们都默默地背起了身后的棉絮与锅碗瓢盆，带着心中的梦想浩浩荡荡地出发了。

父亲为了照顾我，陪我走在队伍最后面，那幅波澜壮阔的画卷至今仍萦绕在我心头。狭窄的田埂只容得下一人，排成一路纵队的学生们人头攒动，像是一条五彩斑斓的长线，随着青色的石板一直绵延到远方。学生们穿着质朴的碎花裙与粗布衫，他们曾在秋日山林漫步，也曾在青草河畔垂钓，这片土地认识他们。有的口渴了，便拿起瓢去岩隙流落的凉水井里一打壶水；有的暂时脱离队伍，去不远处的果林摘半袋橘子。途经一片丛林，远山幽径，空谷足音，我的思绪飘到了那条被竹林合拢包围，只留得一道道绿色光线照射下的溪流。溪流宽约十丈，深不到三尺，清澈见底，苔痕卵石俱现。虽铺设着当地村民的瓦片砖块，也难免会在水滩间戳出一个个窟窿。我们脚步轻盈有序，伴随着砖块活动的声响，总让人沉浸于此。而我却只能一次次回想起那最后的画面，但那时我并不知道稀松平常的这一天，原来已快到路的尽头。

回过神来，才想起答应过信用社旁的陶嬢嬢，要将不要的家具和木板给她。我想了想，还是打消了念头，倒也不是不想赠予，而是我不想这道别如我父亲一般，是此生的最后一声。我乐意接受无声无息般的残忍，可我不愿在此山水间成长，却一去不能回头。我回来了，爸，我还会再回来。

后　记

　　可算整理完了，如释重负。若问我现在有什么感受，我一定会说，曾经在书店里瞧不上的一本本青春文学，其实都经历了重重磨难才得以出现在我们眼前，它们都是作者思想的结晶，值得用心翻阅。谨以此书纪念我难忘的童年，我平淡无奇的旅途，我可怜的父亲，我自己。

　　是不是现在我也算拥有了读者？如果算，美梦成真，那真令我感动。在我心里，这是一种认可，而我也一直渴望得到旁人的肯定，更难得的是萍水相逢。生活在这样一个群体，去记录生活、去写作反倒是一个异类，我常常为此叹息，更多感受到的是周围的猜疑和妒忌，而绝非一颗读者的心。

　　其间不乏有许多文章是为了出版要求与当下阅读之风所修改。不说面目全非，起码，内心已有一些疏离。可我也知道，当它们印成铅字时，便不再只属于我自己。无论什么作品，由于人的审美不同，结果也会褒贬不一，更何况是我这样不算入流的散文集。需要有艺术加工时，我却总不爱修改，总认为有感而发的文字最诚挚，竭力写出来已经是自己最好的表达，哪怕有人告诉我：文章就是一块璞玉，而你现在连雕石头的水平都没有。

碍于从小养成的调皮习惯，生性好动的我，并没有用功念书，因此缺失良好的文学修养，充其量，只能唤作会写一点儿文章的人罢。乃至于会发生诸如将"悖论"的"悖"读作"bó"等种种丑闻笑话。但也是清楚自身的缺陷，才会用很低的姿态去倾听，去虚心学习。

在我的中学时光里，我曾盲目地追随效仿过韩寒、大冰等新一代青年作家。那时候字里行间都充斥着犀利与不可一世，终日陶醉在自我欣赏里，甚至对大量的优秀文学作品指指点点，愚昧得让周围的人都不愿叫醒我。

后来我得以知晓，也许每个热爱写作的人都有这样的时期，知识的贫瘠与眼界的狭隘总能制造出一种莫名的自信与张力，近乎疯狂地想要得到认可，不惜以贬低他人的方式来获得一些存在与满足感。于是，便有了文人相轻这一说法。随着阅历与心理日趋成熟，便迎来了第二个阶段，自卑与踌躇。这让我翻开任何一本书来阅读，都满是称赞之词。紧接着联想到自己，我能拥有这样浑然天成的结构和笔力吗？是啊，我肯定不能。害怕下笔，不愿下笔，这让我哪怕是稀疏平常的一句话都会反复地删改，回看全文时更是不断摇头，幽幽叹气。

最后，有一个问题至今困扰着我。投稿前的六七年间，我一直笔耕不辍，先后写下随笔杂记百余篇，而后恍然间突生一个念想，竟然将自己吓坏了，手中的笔不断颤抖……因为，从未想过有一天，自己离儿时的梦想如此之近！那个从前遥不可及的梦想便是——著书出版。

当我意识过来时，接踵而至的却是版税、销量、利润等种种欲望。文章虽多，可拿得上台面供人阅读欣赏的却少之又少。丢掉了写作的赤子之心后，让本是稚嫩青涩可读性差的一篇篇文章险些胎死腹中。

心烦意乱的同时也在担忧：这会不会是我此生唯一的一部作品？

不禁疑问：如今的青年作家们是不是也抱着同样类似的想法，选择通过更为直接的网络文学自立门户？

止不住地思考：像我这样在神州大地随处可见的、受经济制约的人，以后会迎来像二十世纪七八十年代的文学黄金时代吗？承载我们思想与记忆的是什么样的文学载体呢？在我为教育奉献完青春之后，还能回到乡村田野里用余生努力成为一名作家吗？我们真的能脱离生活的桎梏去实现自己的理想与人生价值吗？

而《泥尘》更像是一个探索者，或许它让你在不觉间有了答案，又或许自始至终都是我用经历编造的一种善意谎言。我没有赋予它什么思想与人生意义，只是想让你看到一个有想法的"95后"是用怎样的眼光去看这个世界。

泥尘，正如它的名字，当上天在我身前撒下种子，予以重任，我甘愿成为哺育参天大树的泥土。当自己注定只能成为碌碌无为的普通人时，也要不羁，不枉做世间随处飘扬的风尘。

　　全书完。

林雅笛

庚子年腊月十六晚于江津